Über die Autorin:

Marie Meerberg schreibt unter Pseudonym. Sie wohnt mit ihrem Mann und ihren beiden Söhnen in ihrer Geburtsstadt Berlin.

Ihre Geschichten entstehen vorzugsweise in Berliner Cafés, im Britzer Garten, auf Föhr, in Reisezügen und überall dort, wo ihr Laptop Platz findet. In besonders kreativen Phasen und bei entsprechenden Außentemperaturen arbeitet sie auch gerne auf der Bank vor dem Haus.

Die "Berliner Freitagsgeschichten" sind nach der Erzählung "UnGlücksbringer" (erschienen 2017 im BoD-Verlag) ihre zweite Veröffentlichung.

Marie Meerberg

Berliner
Freitagsgeschichten

Kurz mal hingehört

Bibliografische Information der Deutschen Nationalbibliothek:
Die Deutsche Nationalbibliothek verzeichnet diese Publikation
in der deutschen Nationalbibliografie, detaillierte bibliografische
Daten sind im Internet über http://dnb.dnb.de abrufbar.

Herstellung und Verlag: BoD - Books on Demand, Norderstedt

ISBN: 9783749497065

Be you, be here, be Berlin

Marie Meerberg

Shopping – Rallye

Der lange gelbe Bus mit Ziehharmonika-Verbindung kurvt in Alt-Mariendorf rasant um die Ecke. Mit gefühlten hundert Stundenkilometern. Wir müssten eigentlich jeden Augenblick umkippen. Tun wir aber nicht. Der Fahrer hat alles voll im Griff. NOCH, denke ich. Mal sehen, wie lange das gut geht.

Wir sind auf dem Weg zur Schlossstraße. Ich brauche dringend eine neue Jacke. Während sich in meinen Gedanken die Marschroute durch das Einkaufsparadies entwickelt, die mich effizient zum Erfolg führen soll, will der vor meinem Sitz eingeparkte Rollstuhlfahrer aussteigen. Er scheint den für ihn erreichbaren Halteknopf nicht zu sehen und ruft stattdessen laut in Richtung Fahrerkabine, während wir schon fast in Höhe der nächsten Haltestelle sind. Vollbremsung.

Zwei Frauen kreischen hysterisch.

„Ich habe ihr 'Hallo' eben erst gehört", entschuldigt sich der Busfahrer beim Rollstuhlfahrer, springt behände auf, sprintet zur ersten Ausgangstür und klappt flugs die Rampe aus, um den Mann aussteigen zu lassen. „Auf Wiedersehen", ruft er freundlich, klappt die Rampe wieder ein und flitzt zu seinem Fahrersitz zurück. Wir fahren nun noch schneller. Klar. Der Zwischenstopp muss natürlich zeitlich aufgeholt werden. Zwanzig Sekunden werfen zurück. Vielleicht findet auch gerade die Rallye de

Steglitz statt und mein Fahrzeugführer strebt den ersten Platz an. Er hat aus meiner Sicht die allerbesten Chancen.

Ich warte auf die erste Außenspiegelkollision mit links vorbeifahrenden oder rechts parkenden Autos. Die Gersdorfstraße ist extrem eng. Aber es passiert nichts.

‚Der kann das, der kann das, der kann das…‘, suggeriere ich mir optimistisch, meine innere Anspannung leicht lockernd und den rechten Zeigefinger knetend – das soll angst befreiend wirken. ‚Außerdem hat er rechts und links seines attraktiv gebräunten Gesichts schon leicht ergraute Schläfen – das spricht für ERFAHRUNG‘.

Wir rasen weiter und erreichen in Windeseile die Feuerbachstraße, wo zwei Rentner am Zebrastreifen warten.

Kein Problem für meinen Rennfahrer.

Erneute Vollbremsung.

Diesmal kreischen *drei* Frauen hysterisch. Ich bin dabei.

Auch wenn die Fahrgäste von seinen unvorhergesehenen Bremsaktionen ganz und gar nicht begeistert sind: es macht Schumi sympathisch, dass er Rücksicht auf Senioren nimmt, die dann im Schneckentempo die Straße überqueren.

Nach Weiterfahrt mit erneuter Geschwindigkeitsüberschreitung (diesmal müssen mindestens vierzig Sekunden aufgeholt werden), kommen wir raketengleich am Walther-Schreiber-Platz an.

Ich löse die Umklammerung meines gut durchgekneteten Zeigefingers (inzwischen dem linken) und steige aus.

Mein Angstschweiß trocknet nur langsam. Gleichzeitig ist meine Morgenmüdigkeit wie weggeblasen. Ich fühle mich hellwach. Und freue mich über meine BVG-Umweltkarte. Sie ermöglicht mir nicht nur ein Benzingeld- und Parkgebühren-freies Steglitz-Shopping. Wenn die Anfahrt so schnell ist wie heute, wirkt sie sogar gesundheitsfördernd. Jedenfalls wenn man zu *niedrigen* Blutdruck hat ;-).

Gestern in den Öffentlichen

Ich fahre im U-Bahnhof Alt-Mariendorf die Rolltreppe herunter. Drei Stufen unter mir steht eine Frau, die ihren Kaffeebecher an den Mund setzt. Wahrscheinlich trinkt sie in diesem Moment den letzten Schluck aus, denn als sie unten ankommt, stellt sie den Becher einfach rechts von ihr auf die silberne Ablage der Rolltreppe, die sich zwischen Wand und schwarzem Handlauf befindet. Praktisch. Muss man keinen Abfalleimer suchen. Der übrigens in knapp zwanzig Metern Entfernung zu finden wäre.

Ich überhole die dunkelhaarige kleine Frau um die Fünfundfünfzig.

"Es wäre aber schon sehr nett, wenn Sie Ihren Kaffeebecher selbst wegwerfen würden. Sonst müssen es andere für Sie machen", sage ich freundlich von der Seite.

"Mache isch sonst imma. Heut nischt. Gibt aber schlimmer..."

Klar.

"Schlimmer geht immer...", stimme ich ihr zu.

Etwas schlimmer ist dann zum Beispiel fünf Minuten später, als sich einem Mann in der S-Bahn der Inhalt seines Kaffeebechers zur Hälfte über den Boden ergießt. Etwas weniger schlimm ist es, wenn er selbst Taschentücher dabei hat, um die Lache nach und nach aufzuwischen. Ich setze mich beim Einsteigen in Tempelhof neben ihn, weil ich zunächst nur den verlockend freien Sitzplatz sehe und das Kaffeeproblem gar nicht wahrnehme. Als die braune Brühe in die Richtung meines Rucksacks läuft, fließt es in mein Sichtfeld.

"Vorsicht", warnt mich der schon ältere, dunkelhaarige Mann mit südländischem Aussehen besorgt, während er versucht, den Kaffee mit einem ehemals weißen Taschentuch aufzusaugen.

"Ach herrje", schnell hebe ich den Rucksack auf meinen Schoß. „Brauchen sie ein weiteres Tuch?"

"Nein. Villen Dank, hab' selbst", antwortet er mir vom Fußboden aus, während er mit einem neuen weißen Tuch die Feuchtigkeit aufsaugt.

Er scheint ohne fremde Hilfe auszukommen. Ich hole mein Handy raus und checke Nachrichten.

"Ey, hier hast'e noch'n paar. Für de Hände...".

Ein älterer Mann im bunt beklecksten Maleroverall von der Bank gegenüber reicht eine noch halb gefüllte Taschentücherpackung herüber.

"Oh – villen Dank", strahlt der Mann neben mir, greift nach dem Angebot und wischt dann mit dem neu erhaltenen Material weiter den Boden auf. Ich staune. Vielleicht ist es für ihn leichter von Männern Unterstützung anzunehmen.

"Sieht doch schon wieder sehr o.k. aus", sage ich lobend zu ihm.

"Die haben hier nischt rischtigsauber gemacht", versucht er zu scherzen.

Der Maler von gegenüber macht sich zum Aussteigen bereit.

"Villen Dank nochmal – und schönen Tag!",
wünscht mein Nachbar ihm.
"Is doch klar! Gleichfalls", brummt es fast freundlich zurück.
Die nächste Station ist dann Sonnenallee.
Der Mann neben mir erhebt sich mit seinem Kaffeebecher.
"Schönen Tag noch", wünscht er mir freundlich.
"Danke – Ihnen auch", antworte ich lächelnd und
folge ihm zur Tür, um ebenfalls den Zug zu verlassen. Mein Lächeln hält sich auf dem gesamten Weg
zum Büro.
Ist doch schön, wenn Menschen sich gegenseitig
helfen. Und wenn sie dafür sorgen, dass Busse und
Bahnen sauber bleiben.

Teure Rache

Henry steht auf der Tankstelle und wartet mit finsterem Blick darauf, dass vor ihm die Zapfsäule frei wird. Eine nicht mehr ganz junge Frau ist gerade dabei, ihren weinroten Ford Fiesta zu betanken. Der Tank muss vollkommen leer gewesen sein. Das dauert entsprechend.

Während er auf heißen Kohlen sitzt, weil er schon längst im Dienst sein müsste, sieht die Tussi fröhlich und entspannt aus. Kann er absolut nicht ab. Wer morgens um halb sieben gute Laune ausstrahlt, muss was geschmissen haben. Mindestens einen Vitamincocktail. Oder sogar irgendein verbotenes Kraut. Ausgeschlafen sieht sie auch noch aus. Und hat die Ruhe weg. Ihre Bewegungen erinnern an einen Slowmotion-Film. Henry merkt, wie tief aus seinem Inneren etwas sehr Böses aufsteigt, was unbedingt raus will.

„Ey, es warten hier auch noch andere", brüllt er aus dem Fenster. „Es gibt Leute, die müssen heute arbeiten."

„Genau. Mich zum Beispiel", antwortet sie seelenruhig. Das gibt es ja wohl nicht! Auch noch frech werden. Er spürt deutlich seine Halsschlagader pulsieren. Diese blöde Kuh steckt die Tankpistole zurück an die Säule und schleicht schneckengleich zur Glastür des Tankhäuschens. Sie geht zum Kassenschalter. Der hell beleuchtete Innenraum ist gut einsehbar. Mann! Henry wartet inzwischen seit gefühlten Stunden.

Was wird *das* jetzt? Ein Morgentalk mit dem Tank-
wart? Sag mal, hat die sonst keinen zum Reden? Er
schlägt entnervt mit der flachen Hand auf sein Lenkrad. Na endlich. Die Frau nimmt ihre Kreditkarte
entgegen und wendet sich dem Ausgang zu. Oder
auch nicht. Warum dreht sie wieder um? Sie geht
zum Regal. Nimmt eine Tüte Bonbons heraus, um
dann NOCHMAL zum Kassenschalter zu gehen.
Gute Laune steigert offensichtlich nicht das Konzen-
trationsvermögen. Sonst hätte sie ja wohl gleich an
ihr Süßzeug denken können. Das Blut in Henrys
Adern hat langsam den Siedepunkt erreicht, seine
Halsschlagader ist kurz vorm Platzen. Als sich die
Schiebeglastür zur Seite bewegt und die Frau in ge-
lassenem Schritt zu ihrem Fiesta läuft, hat er den
Wunsch, sie aus tiefstem Herzen in Grund und Boden zu schreien. Er unterdrückt es mühsam, weil gerade ein anderer Kunde in Richtung Tankhäuschen
an seinem Auto vorbeiläuft. Manche Männer entwickeln ritterliche Züge, wenn sie eine Frau in
Bedrängnis wähnen. Wer weiß, wozu der kräftige
Typ imstande wäre. Henry hat keine Lust auf eine
Prügelei. Seine Aggression wandert in seinen Magen
und reizt dort gewaltig die Schleimhaut.
Die Frau verstaut inzwischen im Wagen sitzend
sorgfältig ihre Kreditkarte im Portemonnaie und
wirft noch einen prüfenden Blick in den Rückspiegel. Dann fährt sie ENDLICH los. Henry rollt auf
ihre Position und befüllt seinen Tank. Beim Bezah-

14

len kauft er sich eine frische Brezel mit Butterfüllung. Ein schwacher salziger Trost. Dann kehrt er zum Auto zurück . Setzt sich rein. Ist immer noch wütend. SEHR wütend. Diese Trödel-Tusse hat ihn zeitlich zurück geworfen und durch ihr gelassenes Wesen zur Weißglut getrieben. Er verspürt ihr gegenüber tiefe Rachegelüste, die er unbedingt ausleben möchte. Leider steht sie dafür nicht mehr zur Verfügung. Ärgerlich. Er fährt zur Ausfahrt der Tankstelle, die über einen kreuzenden Radweg führt. Noch etwas entfernt naht eine gelbe Signalweste auf zwei Rädern von links. Aha. Eine Frau auf dem Fahrrad rollt heran. Bestens. Da kann man was draus machen. DIE wird sein Ersatzopfer. Der vor ihm stehende Daimler steht bereits wartend zum Einordnen in den Straßenverkehr. Und zwar genau auf dem Radweg. Das passt ausgezeichnet. Schön, dass Freunde da sind, wenn man sie braucht. Freunde helfen doch in der Not, nicht wahr? Dieser Daimler-Fahrer wird heute einer sein. Er versperrt nämlich der radelnden Westen-Tante wunderbar den Weg. Wenn das dahinterstehende Fahrzeug – in diesem Falle Henrys - genug Abstand lassen würde, könnte sie den Wagen natürlich umfahren. Tja - das wird er aber heute zu verhindern wissen. Henry spürt, wie sein Herz freudig zu schlagen beginnt, als er auf fünf Zentimeter an den Daimler heranfährt. Die Westen-Tante muss eine Vollbremsung machen. Na bitte. Das ist doch schon mal sehr schön. Sie beginnt sich wunderbar wild und heftig über ihn aufzu-

regen. Kriegt sich gar nicht mehr ein. Schreit seine Windschutzscheibe an. Henry hat sein Ziel erreicht, beißt zufrieden in seine Butterbrezel und beginnt, seinen Triumph innerlich zu feiern. Dabei schaut er die tobende Frau ausdruckslos aus dem sicheren Innenraum seines Wagens an. Jetzt führt sie tatsächlich einen mittleren Regentanz auf. Gestikuliert hektisch mit den Armen. Herrlich. Mehr davon. Plötzlich verharrt sie. Rührt sich nicht vom Fleck. Mist! DAS Könnte ein Problem werden. Ihr Fahrradlenker berührt nämlich fast seinen linken Außenspiegel. Er möchte endlich zum Dienst – möglichst ohne Schrammen. Aber gerade als Henry das Fenster herunter kurbeln will, um seine Weiterfahrt verbal zu erkämpfen, fährt die Weste entnervt ein Stück zurück und hinter ihm über die Tankstelleneinfahrt. Als sie zum Abschied einen Stinkefinger in seine Richtung zeigt, ist Henry sicher: die hat sich so richtig schön geärgert. Ein schmaler Sonnenstrahl geht auf – um eine Zehntelsekunde später wieder zu verschwinden. Der Daimler-Freund vor ihm bremst nämlich abrupt, weil unvermutet ein Auto von links angerast kommt. Weil Henry der Radfahrerin einen Moment zu lange hinterher sieht, reagiert er eine Zehntelsekunde zu spät. Es folgt ein sehr unschönes und lautes Geräusch beim Aufprall.
Die Stoßstangenreparatur des Daimlers und seines eigenen Wagens wird Henry einiges kosten - oder eine entsprechende Hochstufung bei seiner Versicherung zur Folge haben.

Er stellt zum x-ten Mal fest, dass die böse Welt sich gegen ihn verschworen hat.

Frère Jacques

Ich benutze mal wieder die Öffentlichen,
denn es regnet in Strömen und das Fahrrad muss leider zu Hause bleiben. Das hat zur Folge, dass ich für
den Büroweg fünfzehn Minuten länger brauchen
werde. Meine Laune befindet sich daher im Keller.
In der Ringbahn ist mein Abteil ab Tempelhof gut
gefüllt. Vermutlich haben auch andere das Fahrrad
zu Hause stehen lassen. Ich schaue mich um. Wie
immer sind fast alle Mitfahrer mit ihrem Smartphone
beschäftigt. Die restlichen stieren einfach nur in die
Luft, überwiegend mit hängenden Mundwinkeln,
oder sehen zum Fenster hinaus. Heute sind die
Scheiben unseres Waggons weder zerkratzt noch mit
Graffiti zu gesprüht Erfreulich. Hindurchblicken
kann man trotzdem nicht richtig, weil der Dauerre-
gen die Durchsicht auf den Flughafen Tempelhof
und den am Horizont gut sichtbaren Fernsehturm er-
schwert. Es ist kurz nach halb acht. Berlin ist noch
müde und es herrscht allgemeine Morgenmuf-
fel-Stimmung.
Am S-Bahnhof Hermannstraße steigt eine Frau mit
einem ungefähr vierjährigen Jungen ein. Sie nimmt
mir gegenüber Platz, während der kleine Blond-
schopf vor ihr stehen bleibt. Als der Zug sich wieder
in Bewegung setzt, öffnet die Mutter ihren Rucksack
und holt winzige Gummistiefel und eine Fleecejacke
in leuchtendem Gelb heraus. Ihr Sohn hält sich an
ihr fest und singt versonnen vor sich hin. Ich erken-

ne das Lied sofort: Frère Jacques. Donnerwetter, denke ich – er singt es tatsächlich auf Französisch. Zweisprachiger Kindergarten? Ein Hoch auf die Berliner Bildung und alle Eltern, die Wert darauf legen. Da Französisch meine Lieblingsfremdsprache ist, wächst mir der Kleine gleich doppelt ans Herz. Singen und Französisch. Toll. Meine Laune begibt sich zur Kellertreppe, um leicht beschwingt ins Erdgeschoss aufzusteigen.

Während ihm seine Mutter zunächst die Turnschuhe auszieht, ihn dann in die weißen Gummistiefelchen mit roten, grünen und blauen Rennwagen schlüpfen lässt und ihn fragt, ob sie auch wirklich gut sitzen, besingt der Kleine weiter den Bruder Jakob. Wie gut die Frau mit ihrem Sohn umgeht, denke ich. Völlig entspannt und liebevoll am frühen Morgen. Klasse. So was wünsche ich allen Kindern dieser Welt. Inzwischen hat der blonde Sänger auch die gelbe Fleecejacke mit Kapuze an und sieht aus wie einer der sieben Zwerge. Seine Mutter macht in aller Ruhe den Reißverschluss zu.

Am S-Bahnhof Sonnenallee steigen wir zusammen aus und die beiden laufen Hand in Hand vor mir zum Ausgang. Bei der Führerkabine des Zuges bleibt der Kleine in seinen Minigummistiefeln noch einmal stehen und winkt dem Fahrer zum Abschied zu. Dieser erwidert lächelnd seinen Gruß. Ich laufe zum Büro und spüre innere Freude. Kinder, die singend, winkend und zufrieden durch ihr Leben gehen, sind Hoffnungsträger für unsere Zukunft. Meine

Laune ist vom Erdgeschoss ins Dach gestiegen und lässt sich dort für den Rest des Tages nieder.

Die tut Dir doch nichts

Es tut gut, abends noch einmal ein bisschen an die Luft zu gehen und sich zu bewegen. Nordic-Walking bei siebenundzwanzig Grad ist mal was anderes. Auf jeden Fall besser als bei achtunddreißig Grad. Irgend jemand ist der Meinung, dass unsere Stadt in diesem Jahr viel Hitze und keinen Regen braucht. Seit Wochen. Na gut. Wir Berliner haben schon ganz andere Dinge überlebt. So ein bisschen Klimawandel kann uns eher weniger aus der Ruhe bringen. Außerdem sehe ich eine Wolke am Himmel. Sollte es doch drei Tropfen Wasser geben?
In der einsetzenden Dämmerung sind kaum noch Menschen auf der Straße. Die sitzen in Biergärten, auf Balkonen und im Garten und feiern südländische Verhältnisse. Vollkommen verständlich. Mache ich nach dem Laufen auch wieder. In mediterraner Feierabendlaune und völlig entspannt walke ich langsam vor mich hin.
Beim Einbiegen in eine kleine Seitenstraße spannt meine lockere Muskulatur von einer Sekunde zur nächsten angsterfüllt an. Ein hysterischer Schrei will aus mir herausbrechen, entweicht jedoch aus gegebenem Anlass vorsichtig unterdrückt, während ich abrupt stoppe und erstarre. Salzsäulen sind wild wabernde Erscheinungen gegen mich. Ein Dalmatiner stürzt laut bellend auf mich zu und stoppt dreißig Zentimeter vor meinen Füßen ab.
Groß.

Und natürlich ohne Leine.

Klar. Was sonst?

Aus einer Entfernung von zehn Metern höre ich die beruhigende Stimme des Dalmatiner-Frauchens:

" Ja, ja, mein Süßer, gaanz ruhig...ist ja guuuut! Du hast Angst vor den langen Knüppeln..."

Mit den 'langen Knüppeln' meint sie übrigens meine Nordic Walking Stöcke. Weil die natürlich gemeingefährlich sind. Vor allem für so ein armes Tierchen, das knurrend und mit gefletschten Zähnen angriffslustig vor mir steht.

Während ich mich ängstlich an den 'langen Knüppeln' festklammere, scheine ich so auszusehen, als ob bereits sieben Dalmatiner-Mäntel in meinem Kleiderschrank hängen würden. Bestimmt greife ich gleich zum Messer und schneide mir den achten von dem vor mir hockenden Süßen zu. Na logo! Bei siebenundzwanzig Grad droht sonst der Tod durch Erfrieren.

Frauchen ruft den weißen Köter mit schwarzen Punkten zu sich. Der lässt immerhin nach ihrer dritten Aufforderung von mir ab. Sie spricht weiter beschwörend auf ihren armen Liebling ein.

"Nein, nein..., du brauchst keine Angst zu haben! Die tut dir doch nichts. Gaaanz prima machst du das. Ja, ja, gaaanz ruhig..."

Der noch immer hechelnde Hund ist abgelenkt. Ich laufe vorsichtig an ihm vorbei und bringe mein Leben in Sicherheit.

Für das eben Erlebte kann es eigentlich nur eine Erklärung geben:

Ich bin im falschen Film gelandet.

Wo die Guten die Bösen sind.

Wo bemitleidenswerte Dalmatinerchen vor mordlustigen Nordic-Walkerinnen in Sicherheit gebracht werden müssen.

Wo Hundeleinen eine Freiheitsberaubung für bauchnabelhohe Beller sind.

Wo man sich um die potenziellen Täter sorgt.

Neulich habe ich ein Plakat in der U-Bahn gesehen:

'Weißer Ring: Wir kümmern uns um die Opfer'.

Ob ich da mal anrufen soll?

Fahr' doch langsamer

An einem sonnigen Morgen starte ich mit dem Fahrrad zum Büro.

Wie immer führt mich meine Strecke über den Radweg des Britzer Damms in Richtung Hermannplatz. Mal sehen, was sich heute so ereignet, denn irgendwas passiert immer. Mal stürzt sich ein Fußgänger vor meine Lenkstange, mal kommt ein Auto ungebremst aus einer Einfahrt.

Als ich schon leicht verwundert über heute ausbleibende Kleinkatastrophen die Brücke am Kanal erreiche, läuft etwa einhundert Meter vor mir ein Hundebesitzer, der seine Mini-Promenadenmischung den Radweg nach links kreuzen lässt. Dort soll sie sich offensichtlich an der Baumscheibe auslassen.

'O.k.', denke ich optimistisch. 'Wenigstens kann ich mich nicht in der Hundeleine verheddern. Das Kerlchen hat ja keine. Außerdem ist alles gut, solange Mini auf der linken Seite pinkelnd verharrt, bis ich zügig vorbei gefahren bin.

Leider scheint die grüne Oase dem laufenden Wollknäuel nicht zuzusagen. Vielleicht wächst dort zu viel Unkraut. Oder es gibt stinkende Hinterlassenschaften anderer Baumscheibenbenutzer, die abschreckend wirken. Das Tier macht jedenfalls nach kurzer Inspektion seiner zunächst ausgewählten Sanitäranlage unvermutet kehrt und läuft wieder nach rechts zu seinem Herrchen.

MANN! Weil ich grundsätzlich die Hand an der

Bremse habe, komme ich einen Zentimeter vor Minis Schwänzchen zum Stehen und es passiert Gott sei Dank nichts. Weder ihm noch mir.

Mir entfleucht allerdings ein spontanes und zugegebener Maßen recht empörtes „NA SAG MAL!!!!!" Dann sehe ich Herrchen erwartungsvoll an. Da ist ja wohl eine Entschuldigung fällig, oder? Wie wäre es zum Beispiel mit:

„Oh! Bitte verzeihen Sie, dass ich mein Tier nicht angeleint und unter Kontrolle habe."

Oder :

„Das tut mir jetzt wirklich leid, dass sie eine totale Vollbremsung machen mussten."

Oder:

„Verflixt. So etwas ist mir noch nie passiert – sonst schaue ich immer, ob ein Radler kommt, wenn Mini an den Baum will."

Was höre ich stattdessen?

Ein völlig verständnisloses : „Wat willst'n, ey. Fahr doch langsamer!"

Das ist ja wohl der Gipfel! Was bildet der sich eigentlich ein? Ich bin so perplex über seine Worte, dass ich einfach nur weiterfahre. Ohne eine passende Erwiderung. Die fällt mir leider erst ein, als ich wenig später im Büro ankomme. Noch immer hell empört hämmere ich in die Tasten:

"Aber sicher der Herr. *Natürlich* kann ich langsamer fahren. *Gerne*. Wer hat es schon morgens eilig? Und der Radweg ist ja auch nur eine Fata Morgana. Damit es so *aussieht*, als würden dort Fahrräder fahren dürfen.

Eigentlich ist es ein rot markierter Übergang für kleine Hündchen, die dringend an den Baum müssen. Quasi eine Art durchgehender Zebrastreifen für vierbeinige Wasserlasser. Das Schwarz und Weiß stellen wir uns einfach mal vor.

Aber, sagen Sie mal - war mir nicht so, dass man auch am Zebrastreifen ein Zeichen geben muss, wenn man rüber will?

Denn sie wollen doch nicht, dass ihr kleiner Liebling demnächst zweigeteilt auf dem Radweg verstirbt, oder? Das hat er nicht verdient, finde ich. Schönen Tag noch!"

Zufrieden betrachte ich meine Worte auf dem Bildschirm. Die lerne ich jetzt gleich auswendig. Der nächste Hundebesitzer kommt bestimmt.

Benny und der Weihnachtsmann I

Das Fest, an dem Karlas Kinder mit Augen herumliefen, die wie leuchtende Christbaumkugeln aussahen, stand unmittelbar bevor.
Karla hatte bereits mit Lukas und Benny Kekse gebacken. Es war wie immer eine schmale Gratwanderung zwischen „Lassen Sie die Kleinen ruhig mal machen – sie sollen das ja lernen" (so wie es der Erziehungsratgeber empfahl) und „Hinsetzen, Hände weg von der Schokolade *und* von den Eiern – nein Benny, die kann man nicht auf der Tischkante aufschlagen – neiiin, auch nicht den Zucker anfassen.....ach, Mensch – jetzt ist er umgefallen – hole bitte den Besen – *neiiin* ! Erst Hände waschen – meine Güte, hier in der Küche - doch nicht im Badezimmer über den Flur! Komm' sofort zurück und zieh dir Hausschuhe an, du hast Butter unter den Socken! Mensch - *der Teppich*!".

Benny litt seit einer Woche an Schlaflosigkeit und verbrachte die Nacht ab 23.00 Uhr im Bett seiner Mutter. Er wollte unbedingt dabei sein, wenn der Weihnachtsmann mit seinem Schlitten daher geflogen kam. Weil sich in Karlas Zimmer das größte Fenster der ganzen Wohnung befand, war für ihn klar, dass nur dort die Einflugschneise liegen konnte. Schließlich war der Herr aus dem Himmel ziemlich beleibt und die Geschenke mussten ja auch noch durchpassen.

Karla hatte Lukas gebeten, seinem kleinen Bruder die Illusion des rot gekleideten Tausendsassa in Millionen von Kinderstuben noch ein wenig zu lassen, bereute dies allerdings inzwischen heftig. Erstens war es eiskalt in ihrem Schlafraum, denn ihr Sohn bestand darauf, dass das Fenster offen blieb.

„Mama – sonst gehen doch die Scheiben kaputt, wenn der dicke Mann kommt!"

Zweitens rüttelte Benny sie mehrfach nachts aus dem Schlaf, weil er Geräusche zu hören glaubte.

„Mama! Da quietscht ein Schlitten. Und die Rentiere brüllen wie Löwen." Seine Träume waren offensichtlich nicht nur lebhaft, sondern auch noch akustischen Inhalts. Oder gab es in der Wohnung ihres Nachbarn etwas, was ihr bisher entgangen war? Die Wände waren ja ziemlich dünn. Hatte er sich ein größeres Haustier angeschafft?

Dann war endlich Heiligabend.

Benny war wirklich sehr wachsam gewesen, aber der Weihnachtsmann hatte seine Geschenke abgeworfen, ohne dass er ihn persönlich begrüßen durfte. Sie standen zur Bescherung ordentlich aufgestapelt unter dem Weihnachtsbaum.

„Mama – das kann doch nicht sein. Wie ist der denn bei uns reingekommen? Ich war doch heute die ganze Zeit im Schlafzimmer!"

„Wirklich die *ganze* Zeit?"

„Nur nicht, als ich heute Morgen mit Marlene einkaufen war."

„Dann habt ihr euch möglicherweise genau verpasst?"

„Och nööö...das finde ich jetzt total doof! Ich wollte gar nicht mitgehen mit Marlene."

Benny war sichtlich enttäuscht.

„Aber du wolltest gerne die Packung Kinder-Schokolade auf dem Weihnachtsteller haben, die du gemeinsam mit deiner Schwester gekauft hast, nicht wahr?"

Karla hatte sich etwas einfallen lassen müssen, um ungestört Weihnachtsfrau spielen zu können.

„Manno! Jetzt habe ich ihn wieder nicht gesehen."

„Vielleicht hat er dir eine Nachricht hinterlassen?"

„Wo denn?"

„Ich weiß nicht...schau doch mal überall nach..."

Benny rannte als erstes ins Schlafzimmer. Und tatsächlich. Dort lag ein großer Din-A-4 Zettel auf dem Fensterbrett.

„Lieber Benny!" stand in dicken Druckbuchstaben darauf. „Leider habe ich dieses Jahr so viel zu tun und bin sehr in Eile. Bitte sei nicht traurig, dass wir uns nicht gesehen haben – aber wenn du in den nächsten Nächten schön schläfst, werde ich in deine Träume kommen. Dein Weihnachtsmann"

Benny war schwer begeistert, den Beweis für das wirkliche Existieren des rot gekleideten Mannes wahrhaftig in seinen Händen zu halten.

„Siehst du Mama! Ich habe *doch* Recht. Im Morgenkreis haben mich ein paar Kinder ausgelacht. Die sagten, dass es den Weihnachtsmann gar nicht gibt.

Weil einer alleine so viel Arbeit nicht schaffen kann. Ich habe ihnen erklärt, dass er ganz viele Zwerge hat, die ihm helfen. Das stimmt doch! *Oder* Mama?"
„Also...", Karla räusperte sich kurz, „für einen allein ist es *wirklich* zu viel. *Das* glaube ich auch."
Im Stillen schwor sie sich, ihren jüngsten Sohn nun wirklich schnellstens weihnachtstechnisch aufzuklären. Morgen. Oder übermorgen. Spätestens im nächsten Jahr!

Ausgeschlossen

"Guten Morgen Herr Steinbruch", begrüßte Karla ihren Nachbarn von gegenüber als sie zur gleichen Zeit den Hausflur zwischen ihren Wohnungen betraten. Sie hielt einen Müllbeutel in der Hand und hatte ihren gerade im Winterschlussverkauf erworbenen, kurzen schwarzen Rock mit engem roten Oberteil und langen schwarzen Stiefeln an. Der Rock musste schließlich mal eingetragen werden. Wieso nicht auf dem Weg zur Mülltonne. Was für ein glücklicher Zufall, dass der alleinstehende Herr Steinbruch ebenfalls gerade aus seiner Tür trat. Der war zwar manchmal außerordentlich kurz angebunden. Und ziemlich introvertiert. Auf der anderen Seite – er sah recht attraktiv aus – und das, obwohl er bereits in ihrem Alter war. Es gab Männer Mitte vierzig, die hatten einen Bierbauch, kleideten sich nachlässig und gingen zu selten zum Friseur. Herr Steinbruch gehörte eindeutig nicht zu dieser Kategorie. Heute sahen seine grüngrauen Augen bei Karlas Anblick allerdings eher weniger attraktiv als vielmehr irritiert aus. Gleichzeitig zog er seine Wohnungstür zu und schlug sich dann mit seiner Hand gegen die Stirn. „Verflixt. Jetzt habe ich vergessen, den Schlüssel einzustecken." Er schaute ratlos von Karla zu seinem Abfallbehälter und wieder zurück. „Und das heute, am Samstag!"

„Brauchen sie einen Schlüsseldienst?"

„Ich fürchte ja. Meine Schwester ist verreist. Nur sie hat einen Zweitschlüssel."

Karla holte ihr Handy, suchte einen Anbieter heraus und rief an. "Da müssen se sich aba'n bisken jedulden, Madamm! Heute is janz schön wat los! Und det kostet ihnen 'ne Kleinigkeit, is nämlich Wochenendtarif, wa?"

Die in der Tat lange Wartezeit verbrachte Herr Steinbruch dann gemeinsam mit Karlas jüngstem Sohn Benny in ihrer Küche.

"Mama, der Mann von gegenüber hat mir ein Polizeiauto gemalt", erzählte Benny ihr später. *Und* ein Feuerwehrauto. *Und* ein Haus, das brennt. Das kann der *ganz* toll. Und er hat mir gezeigt, wie ich meinen *Namen* schreiben kann!"

Karla staunte nicht schlecht über ihren Nachbarn. Er hatte sich tatsächlich fast zwei Stunden mit ihrem Sohn beschäftigt, während sie – wieder umgezogen in Jeans und Kapuzenpullover - ungestört im Wohn- und Schlafzimmer die frisch gewaschenen Gardinen aufhängen konnte.

"Mama? Was ist denn ein blödes Missgeschick mit Folgekosten? Der Mann von gegenüber hat vorhin so was gesagt!"

Da Benny ein äußerst wissbegieriges Kind war, das bei seinen Fragen schon grundsätzlich und erst recht nicht in der aktuellen ‚Warum– Phase' locker ließ, musste Karla sich eine Erklärung einfallen lassen:

"Na ja, Benny. Das ist ungefähr so,…, so…, so wie dein Steinwurf neulich. Erinnerst du dich?"

Ihr Sohn sah sie schuldbewusst an. Er hatte vor ein paar Wochen das Experiment: ‚Wie weit fliegt ein Pflasterstein, der da einfach so lose auf der Straße herumliegt?' gemacht. Dabei durfte er außergewöhnliche Kräfte bei sich feststellen. Das Geschoss legte nämlich knappe vier Meter zurück und landete direkt in der Schaufensterscheibe des türkischen Gemüseladens. Und das alles nur, weil in Neukölln der Pflasterbelag der Bürgersteige seit Monaten nicht repariert wurde und die bestehenden Löcher beste Möglichkeiten für Steineschmeißer boten.

"Das ist auch ein blödes Missgeschick mit Folgekosten gewesen, weißt du?", erklärte Karla ihrem Sohn. Benny nickte verständnisvoll. Die neue Glasscheibe von ungefähr fünfzehn Quadratmetern war ziemlich teuer und hatte viel Geld gekostet. Das hatte er verstanden.

Weil Karla ihren Jüngsten nicht unnötig belasten wollte, verschwieg sie ihm, dass ihre Haftpflichtversicherung leider nicht für den Schaden aufkam. Sie hatte einfach kein Geld für den monatlichen Beitrag übrig gehabt und die Versicherung auf unbestimmte Zeit ruhen lassen. Es war ein großes Glück, dass Murat, der außerordentlich nette, verständnisvolle und kinderfreundliche Ladenbesitzer, wegen der seit Jahren bestehenden guten Kundenbeziehung die Angelegenheit dann sehr lösungsorientiert regelte. Er informierte einen haftpflichtversicherten türkischen Freund, der sich plötzlich daran erinnerte, versehentlich gegen die Obsthorden vor dem Ladenfenster gestoßen zu sein. Sie wären leider ins Rutschen gekommen und hätten die Scheibe zerschmettert – erklärte dieser seiner Versicherung. Die zahlte den Schaden innerhalb einer Woche, berichtete Murat Karla später freudestrahlend. Es war ihr zwar klar, dass Murats – gelinde gesagt kreative - Problemlösung nicht ganz uneigennützig erfolgt war, denn sie hätte die Geldsumme allenfalls über mehrere Jahre abstottern können. Trotzdem, würde sie ihm das nie vergessen. Als alleinerziehende Mutter war sie oft auf die Unterstützung netter Mitmenschen angewiesen und konnte es sich manchmal nicht leisten, immer alles hundertprozentig richtig zu machen.

„Mama?", fragte Benny in Karlas Gedanken hinein. „Wenn der Mann von gegenüber durch das Missgeschick kein Geld mehr hat – geben wir ihm dann was zu essen?"

„Aber natürlich, mein Schatz!"

Karla nahm ihren Jüngsten in den Arm und drückte ihn fest an sich. Abgesehen davon, dass sie fest davon ausging, dass Herr Steinbruch genügend Rücklagen besaß, um für die zwar wochenendteuren, aber noch überschaubaren Schlüsseldienstkosten aufkommen zu können, wirkte er im Gegensatz zu früheren Zeiten inzwischen fast schon sympathisch.

Und warum sollte sie ihren Nachbarn nicht mal be-
kochen, um ihn besser kennenzulernen?

Nix geht mehr

Bei der abendlichen Sponge-Bob-Sendung schrie Benny plötzlich wie am Spieß. Karla stürzte ins Wohnzimmer, in der Hand das Handy, um die 1 1 2 wählen zu können. Allerdings fehlten ihr zunächst noch zwei wichtige Details für den Notruf – nämlich die Anzahl der Verletzten und die Art des ihnen zugestoßenen Unglücks. Ihr fünfjähriger Sohn Benny saß mit wutverzerrtem Gesicht auf dem Boden und wies mit ausgestrecktem Arm anklagend auf den Fernseher, während der drei Jahre ältere Lukas entnervt die Augen verdrehte.

Was war passiert?

Der Fernseher zeigte einen verschneiten Bildausfall, der sich durch sämtliche Programme zog, was den Schluss nahelegte, dass der verdammte Kasten seinen Geist aufgegeben hatte. Zumindest verweigerte er seinen Dienst temporär.

"Was nun?", fragte sich die verzweifelte Mutter und Hartz-IV-Empfängerin. Wie sollte das Leben ohne den besten Freund der Kinder weitergehen? Aus welchen Mitteln konnten Reparatur oder – noch schlimmer – Neuanschaffung finanziert werden? Was war zu tun, um den Söhnen wieder zu ihrer – ärgerlicherweise durch ihre Mutter auf eine Stunde begrenzten – täglichen Fernsehfreude zu verhelfen? Lukas war ein sehr pragmatisches und umsichtiges Kind, insbesondere wenn es darum ging, seinen eigenen Zielvorstellungen Gestalt zu verleihen.

"Mama – das Ding muss repariert werden. Aber so etwas kannst du nicht!"

Womit er vollkommen recht hatte. So etwas musste Karla auch gar nicht können! Erstens war sie eine Frau und außerdem technisch uninteressiert. Trotzdem!

"Vielleicht liegt es am Antennenkabel," versuchte sie ihr Bestes (und gleichzeitig das Einzige, was ihr einfiel) zu geben. "Es ist manchmal locker...".

Sie stürzten zu dritt zum Gerät und zogen an allem, was am Fernseher befestigt war. Nichts. Es schneite weiter.

"Mama – kannst du nicht mal den Nachbarn von gegenüber fragen? Der ist doch ein Mann! Männer können gut reparieren!"

Dass der alleinstehende Herr Steinbruch männlichen Geschlechts war, hatte Karla durchaus schon festgestellt. Ob er die deshalb von ihrem Sohn vermuteten technischen Fähigkeiten tatsächlich besaß, war ihr allerdings unbekannt. Im Übrigen hatte sie nicht den Hauch einer Lust, ihren Nachbarn um Hilfe zu bitten.

"Lukas, es ist jetzt schon 19.00 Uhr – da will ich lieber nicht mehr stören".

Ihr Sohn sah sie vorwurfsvoll an.

"Mama! Er ist doch gerade erst nach Hause gekommen – ich habe ihn vorhin auf der Treppe getroffen. Da muss er doch erst mal was essen und schläft bestimmt noch nicht!"

"Vielleicht ist er müde nach einem langen

Bürotag...", warf Karla ein.

"Aber er wird uns bestimmt gerne helfen – er hat uns doch auch die Micky Maus Hefte gebracht. Das war nett. Also ist er insgesamt nett", zog nun auch Benny seine logischen Schlüsse und unterbrach sein Protestgeschrei.

Karla dachte über ihre Alternativen nach. Es gab eigentlich nur zwei. Erstens: Stress ohne Ende mit ihren Söhnen. Zweitens: Erste-Hilfe-Ruf beim Nachbarn. Der immerhin seit der Sache mit dem Wohnungsschlüssel etwas freundlicher war. Fragen kostete eigentlich nichts.

"Karla! Jetzt leg' endlich deinen verdammten Stolz ab!", forderte ihr Inneres vorwurfsvoll. "Wahrscheinlich ist die olle Kiste ohnehin nicht mehr zu retten. Oder dein Nachbar hat antitechnische Fähigkeiten und lehnt von vorneherein ab. Dann hast du es aber wenigstens versucht...". Karla hatte keine Lust, sich den ganzen Abend mit ihren Söhnen plus innerer Stimme auseinander zu setzen, entschied sich für Alternative zwei und verschwand im Bad. Eine kurze Dusche und gewaschene Haare konnten schließlich nicht schaden vor ihrem Gang nach Canossa.

Als sie wenig später frisch geföhnt gegenüber klingelte, konnte sie ihre Frage flüssig vortragen, denn sie hatte sie beim Auftragen des Lippenstifts eingeübt.

"Guten Abend. Können Sie Fernseher reparieren?" Herr Steinbruch sah sie mal wieder vollkommen entgeistert an.

"Bitte?"

"Also – ich meine – das Bild..."

Meine Güte, Karla – worin besteht jetzt deine Schwierigkeit? Weshalb kannst du nicht vernünftig herausbringen, was du sagen möchtest? Noch während sie über ihre Blockierungsgründe nachdachte, nahte die Rettung auf zweimal zwei Beinen.

"Du musst uns helfen! Wir können nichts mehr sehen auf dem Bildschirm. Nur noch Schnee!" sagten Lukas und Benny wie aus einem Munde.

Irgendwie mussten das die Gene sein. Karlas Söhne konnten sich sofort verständlich machen. Herr Steinbruch schien auch nichts weiter vorzuhaben. Er nahm bereitwillig seinen Werkzeugkoffer aus dem Flurschrank und meinte, er könne sich das Ganze ja mal ansehen. Das tat er dann auch. Mit einer Engelsgeduld, die Karla noch nicht einmal in zehn Jahren erlernt haben würde und stundenlang. So kam es ihr jedenfalls vor. Zunächst wurden die Kabel sorgfältig neu gesteckt (na – wenigstens lag es nicht daran, diese Schmach hätte ihr schwer zu schaffen gemacht...). Dann wurde der Fernseher aufgeschraubt. Sehr zur Freude der Jungs natürlich. "Ohhhh- was ist denn da alles drin?". Während Herr Steinbruch begann, den Jungs das Innenleben ihres heißgeliebten Lebensbegleiters zu erklären, wanderten Karlas Gedanken erneut zu ihrer finanziellen Situation, die sie inzwischen schon in ein Abhängigkeitsverhältnis zu ihrem Nachbarn trieb. Oder sah sie das falsch? Jedenfalls reichte ihr Geld vorne und hinten nicht – und wenn jetzt auch noch dieser Kasten ausfiel...

Karla merkte, wie ihre Gedanken in unschöne Richtungen abschweiften, während vor ihr auf dem Boden ein Mann in engem schwarzen Pullover und verwaschener Jeans saß, der sich seit einer halben Ewigkeit mit ihrem Fernseher befasste. Irgendwie musste sie sich erkenntlich zeigen, oder?

„Möchten sie mit uns Abendbrot essen? Sie haben inzwischen doch bestimmt Hunger?" Errötete Herr Steinbruch leicht bei ihrer Frage? Sie ging nach seinem erfreuten "gerne" in die Küche, um ein paar Lachs-Toasts appetitlich herzurichten. Aus Murat's Laden. Ab und an schenkte er ihr das Eine oder Andere, was das Verfallsdatum erreicht hatte und noch nicht verdorben war. Eine Flasche Rotwein fand sie auch noch. Von ihrer Nachbarin Elvira. Die vertrug keinen Rotwein und hatte ihr Geschenk an Karla weitergegeben.

Beim Essen erklärte der Mann von nebenan den Jungs weitere fernsehtechnische Feinheiten und versprach ihnen, dass er – wenn es Karla recht wäre – noch ein wenig weiter an der Kiste herumbasteln würde. Damit sicherte er sich erneute Anerkennung und Bewunderung von Lukas und Benny, die Karla kurz darauf ins Bett brachte.

Bei ihrer Rückkehr ins Wohnzimmer saß Herr Steinbruch ratlos auf dem Wohnzimmerboden und starrte auf den Fernseher. "Ich habe alles überprüft. Selbst die Kabeldose. Haben Sie vielleicht zufällig ihren

Anbieter gewechselt?"

Karla wurde auf der Stelle siedend heiß. Gewechselt
noch nicht – aber gekündigt. Das hatte sie vollkommen vergessen. Der Anbieter war ihr zu teuer geworden und sie hatte bereits einen billigeren gefunden.
Der Antrag lag allerdings noch in ihrer Küchen-
schublade. Verflixt und zugenäht. Hatten die ihr
etwa zu heute die Leitung gesperrt? Die vielen Dinge, die ständig erledigt werden mussten, überforder-
ten Karla manchmal.

"Ach herrje – ich fürchte..., ich habe...., es tut mir
wirklich leid, Ihre Zeit in Anspruch...", stotterte sie.
"Das ist mir jetzt aber wirklich unangenehm...".

Ihr Nachbar reagierte unerwartet gelassen: "Na –
wenigstens wissen die Jungs jetzt, wie ein Fernseher
funktioniert und ein leckeres Abendbrot habe ich
obendrein bekommen, was?"

Der dachte doch nicht etwa, dass sie absichtlich....

Sie wollte gerade zu einer längeren Erklärung anset-
zen, als Herr Steinbruch irgendwas von "Na ja – und
überhaupt - eigentlich kennen wir uns doch schon
recht lange…gute Nachbarschaft…is doch netter…"
von sich gab, urplötzlich aufsprang, beherzt nach
dem Rotweinglas auf dem Wohnzimmertisch griff,
Karla anstrahlte und sagte : "Du! Ich bin der Paul!"

Das wusste sie schon. Denn die männlichen Haus-
mitbewohner nannten sich alle beim Vornamen und
Herr Özdalla (Ali) aus dem vierten Stock pflegte des
öfteren Herrn Steinbruch (Paul) im dritten Stock darum zu bitten, ihm doch bei Gelegenheit mal wieder

ein paar Steuerunterlagen für seine zahlreichen Familienmitglieder mitzubringen. Aufgrund des von Stockwerk vier nach Stockwerk drei lautstark geführten Gesprächs hätte auch Karla die Formulare für die Einkommensteuererklärung mit mindestens fünf Anlagen "Kinder" ("Bringst Du libber mehr mit, weiß nischt genau, wie viel brauchen.") besorgen können, aber Paul arbeitete beim Finanzamt und hatte daher den besseren Zugriff. Und nicht nur dabei. Sie wusste gar nicht, dass man gleichzeitig trinken, umarmen, küssen und reden konnte. Vielleicht passierte es auch nacheinander, ihre Wahrnehmung war leicht gestört durch den Gefühlsausbruch ihres noch vor kurzem sehr zurückhaltenden Nachbarn. "Karla" hauchte sie, wieder zu Luft gekommen. Und überlegte, ob neben dem Lachs noch ein paar Ameisen auf dem Toast Zuflucht gesucht hatten. Woher sollte sonst dieses Kribbeln in ihrem Bauch kommen?

Zuverdienst

"Mama? - Ich brauche vier Pakete Taschentücher und ein DIN-A-4 Blatt!"
Das waren Wünsche ihres achtjährigen Sohnes Lukas, die Karla sofort erfüllen konnte. Eine alleinerziehende Mutter mit vier Kindern hatte selbstverständlich *immer* Taschentücher im Haus - eine angebrochene Großpackung und vorsichtshalber eine ungeöffnete mit zweiunddreißig Einzelpaketen à zehn Stück – man wusste schließlich nie, was kommen würde. Malblätter im DIN-A-4-Format gehörten ebenfalls zu ihrer Grundausstattung. Lukas zog sich mit seinen Materialien ins Kinderzimmer zurück. Als er über eine halbe Stunde lang nicht wieder auftauchte, hielt Karla es für angemessen, ihrer mütterlichen Aufsichtspflicht nachzukommen, denn normalerweise kamen die Kinder nachmittags alle zehn Minuten mit Wünschen und Fragen zu ihr in die Küche. Vor allem, wenn schwierige Matheaufgaben gelöst oder Wortfamilien gebildet werden mussten. Nachdem sie an Lukas Zimmertür geklopft hatte und die Tür öffnete, sah sie ihren Sohn am Schreibtisch sitzen. Er hantierte konzentriert mit Klebstoff und Schere. Sie sprach ihn vorsichtig an.
"Naaa? Musst du etwas für die Schule machen?"
"Nööö."
"Oder bastelst du an einer Überraschung?"
"Nö – auch nicht."
Karla trat näher.

Lukas hatte sich Zettel zurecht geschnitten und beschriftet. Nun klebte er sie auf eine der beiden großen Flächen der vor ihm liegenden Taschentuchpackungen.

"Ach, das ist ja nett! Willst du die an jemanden verschenken und einen Spruch drauf schreiben?"

Lukas hielt seinen Text zu.

"Ich bin noch nicht fertig."

"Zeigst du es mir später?"

"Vielleicht!", murmelte Lukas.

Das war ein Wort, was von Karlas Kindern zu gerne benutzt wurde. Es verhalf ihnen zu einer Schonzeit. Trainierte Mütter wussten, dass dann zunächst abgewartet werden musste. In der Regel war das "vielleicht" mit etwas Geduld ein späteres "ja". Bei zu früher oder eindringlicher Nachfrage wurde es mit ziemlicher Sicherheit zu einem sofortigen "nein!".

Sie strich Lukas kurz über den Kopf und verließ das Zimmer.

Nach einer guten halben Stunde kam Lukas in die Küche geschlendert.

"Bin jetzt fertig! Darf ich noch ein bisschen raus? Will mal 'was probieren..."

Ein Blick aus dem Fenster ließ Karla ein "leider nein – ist schon zu spät" antworten – es war nämlich bereits dunkel.

"Ach Manno!" Lukas zog eine enttäuschte Schnute.

"Wolltest du etwas Bestimmtes machen, mein Süßer?"

"Ja."

"Was denn?"

"Geld verdienen!"

"Aha – und wie?"

"Mit Taschentüchern."

"Wie bitte?"

"Habe ich vorhin gesehen, als ich von der Schule nach Hause gelaufen bin."

"*Was* hast du gesehen?" Karlas inneres Alarmsystem sprang an.

"Da hat eine Frau einem traurigen Mann ein Paket Taschentücher abgekauft und ihm dafür einen Euro gegeben."

"Das ist eine ganze Menge Geld für ein Paket Taschentücher, oder?"

"Ja. Aber der Mann hat dafür Werbung gemacht. Deshalb hat die Frau das Geld bezahlt."

"Werbung?"

"Ja – auf der Taschentuchpackung."

"Hast du vorhin auch eine solche Werbung gebastelt?"

"Klar – sonst funktioniert es doch nicht."

"Lukas – würdest du mir bitte mal zeigen, was du gemacht hast?"

Ihr Sohn hielt Karla seine bearbeiteten Pakete vor die Nase. Auf jedem einzelnen klebte fein säuberlich ein Zettel mit einem Text, den Lukas in ungewohnt sauberen Druckbuchstaben geschriebenen hatte:

"Halloo! Ich habe kein Geld und gar nichts zu essen. Haben sie eine kleine Spende für mich? Danke!"

Karlas Herz zog sich schmerzhaft zusammen.

"Lukas, das ist betteln, was du da machen möchtest."

"Nein - ich verkaufe die Taschentücher."

"Na ja – zunächst verschenkst du sie eigentlich. Und wenn dann jemand Mitleid wegen des Textes hat, gibt er dir etwas dafür..."

"Aber..."

"...obwohl es gar nicht stimmt, was da auf der Packung steht."

"Aber ich habe wirklich kein Geld!" Lukas Augen füllten sich mit Tränen.

"Du hast doch Taschengeld! Und ganz sicher bekommst du von mir etwas zu essen, wenn du Hunger hast."

"Aber du kaufst mir nie Honigpops!" schluchzte Lukas laut auf.

"Weil die nicht gesund sind. Wegen des vielen Zuckers", versuchte Karla ihrem Sohn zu erklären. Sie überlegte kurz. "Vielleicht könnten wir uns darauf einigen, dass du sie nur zum Frühstück und außerdem mit einem Apfel isst?"

Lukas dachte nach, während er sich die Tränen aus dem Gesicht wischte.

"Jeden Morgen? Die nächsten zehn Jahre lang?" Er besaß ein beachtliches Verhandlungsgeschick.

"Gibst du mir die Taschentücher?"

"Und immer nur Honigpops?"

Als Karla nickte, legte er ihr seine Geschäftsidee auf den Küchentisch.

"Wirklich immer?"

"Solange du möchtest".

Was hoffentlich nicht allzu lange sein würde. Karla vertraute da einfach auf die geschmacklichen Veränderungsprozesse im menschlichen Körper. Irgendwann würden ihrem Sohn die süßen Weizen-Kügelchen zu den Ohren rauskommen. Spätestens in ein paar Wochen. Wenn nicht, würde sie nachverhandeln.

Einbruch ohne Spuren

Karla war überrascht, als ihr Nachbar von gegenüber am Nachmittag bei ihr klingelte.
Paul befand sich in heller Aufregung. Die dunklen Haare über den graumelierten Schläfen standen wild zu Berge und seine Augen hatten den Ausdruck eines demnächst wahnsinnig werdenden Amokläufers.
"Karla. Meine EC-Karte ist verschwunden! Ich suche seit Stunden."
Nanu? Bat Paul sie indirekt um Hilfe? Er war doch ein Mann!
"Ich glaube, bei mir ist eingebrochen worden. Das können die doch heute ohne Spuren zu hinterlassen. Diese organisierten Banden! Die haben bestimmt schon mein Konto leergeräumt!"
"Hast du den Zugriff sperren lassen?", fragte Karla, darum bemüht, Anteil an Pauls Problem zu nehmen.
"Ach, das geht doch so schnell mit dem Abheben. Ist bestimmt schon viel zu spät!"
"Wo hast du denn die Karte zuletzt benutzt?"
"Das weiß ich nicht mehr so genau. Ist aber auch völlig egal. Weg ist weg."
"Vielleicht hast du sie bei Kaisers an der Kasse liegen lassen?" Karla wusste, dass Paul seine Lebensmittel ausschließlich von dort bezog.
"Nee – das ist unmöglich. Ich achte doch auf meine Sachen...". Verächtlich gestikulierend und unverständlich vor sich hin blubbernd machte Paul auf

dem Absatz kehrt und verschwand in seiner Wohnung.

Als Karla gerade fertig mit dem Schrubben ihrer Badewanne, dem Wischen des Bodens und dem Putzen des Badezimmerfensters war, erklang erneutes Hämmern an ihrer Tür: Paul mit müdem Gesicht und dunklen Augenringen.

"Es ist aus!"

"Was?"

"Ich habe nochmals alle Taschen durchgesehen, die es überhaupt gibt...NICHTS!" Völlig verzweifelt sackte Paul auf Karlas Flurbank in sich zusammen.

"Aus der Wohnung ist das Ding allerdings scheinbar nicht gestohlen worden. Die sind doch nicht bescheuert und lassen einen 100-Euro-Schein auf der Kommode im Flur liegen. Wahrscheinlich haben sie mir die Karte irgendwo im Gedränge aus der Hosentasche gezogen. Verdammtes Gesindel! Berlin ist ein Moloch. Nur Kriminelle!"

Karla reichte ihm ein Glas Wasser und holte das Telefonbuch.

"Bitte rufe in Deiner Filiale an, sonst werde ich es tun."

Paul wählte mit letzter Kraft die Nummer und legte nach kurzem Gespräch beglückt auf.

"Du! Da haben sich allein in dieser Woche siebzehn Stück an gefunden! Und meine EC-Karte ist auch dabei!".

Tja – was sagte man bzw. frau denn dazu? Aus Karlas Sicht hatten sich mal wieder die eklatanten Unterschiede zwischen den Menschen von Mars und Venus gezeigt. Die einen hyperventilierten lieber, bevor sie jemanden etwas (oder auch nach dem Weg) fragten. Den anderen war es egal, wie sie zum Ziel kamen und was man von ihnen dachte - Hauptsache es ging schnell und unkompliziert.

Mann kocht

Paul schien wirklich ein netter Nachbar zu sein. Nachdem er mit Karla auf du und du angestoßen hatte, unterbreitete er ihr ein paar Tage später das Angebot, gerne auch einmal an einem Samstag auf ihre Söhne aufzupassen, wenn sie etwas zu erledigen hätte. „Nach der Fernsehaktion kenne ich Benny und Lukas doch schon ganz gut. Wir könnten einen Drachen bauen und danach koche ich für sie. Gibt es ein Lieblingsgericht?"

„Kartoffelpuffer mit Apfelmus", antwortete Karla und betrachtete Paul sowohl erstaunt als auch nachdenklich. Mit einem solchen Vorschlag hatte sie nicht im entferntesten gerechnet. Dieser in der Vergangenheit oft in sich gekehrte und scheinbar wenig an seinen Hausmitbewohnern interessierte Mann kam ihr mehr und mehr wie ein Überraschungsei mit sehr besonderem Inhalt vor. „Aber du kannst auch Spaghetti machen."

„Kartoffelpuffer sind überhaupt kein Problem für mich. Wie man sie macht, steht doch auf der Verpackung. Habe ich mir neulich im Laden mal durchgelesen."

Also verabredete Karla mit Paul einen Termin am kommenden Wochenende, an dem er gegen zehn Uhr bei ihr klingelte. Sie konnte sich gerade noch von ihren Söhnen verabschieden, bevor diese mit Paul und einem großen Karton, der die Aufschrift „Drachenzubehör" trug, im Zimmer der Jungs verschwanden.

Nach ihrem längst überfälligen Friseurbesuch und einer kurzen Stippvisite in einem Secondhandshop kehrte Karla am späten Samstagnachmittag nach Hause zurück. Bereits im Erdgeschoss des Hausflures strömten ihr Gerüche von verbranntem Öl entgegen, die sie leicht beunruhigten. Noch mehr irritierten sie die Rauchschwaden, die ihr beim Öffnen der Wohnungstür die Sicht erschwerten. Sie kämpfte sich bis zur Küche durch. Paul stand am Herd und sah nachdenklich auf eine Bratpfanne, in der überhitztes Öl vor sich hin qualmte. Ein Blick auf die Flasche neben der Herdplatte bestätigte Karlas Befürchtung. Er hatte das kaltgepresstes Sonnenblumenöl verwendet, das sie zur Entsorgung auf der Arbeitsplatte abgestellt hatte. Dieses Öl war zwar super gesund, inzwischen aber leider abgelaufen. Es hatte daher einen widerlichen Geruch angenommen.

"Hallo Paul! Die Pfanne verträgt keine Überhitzung. Ich mache das Fenster auf, ja?"

Oh je. Ihre Stimme hatte wohl ziemlich angespannt geklungen. Dieser Mann gab wirklich einiges für sie und anstatt es zu würdigen, fielen ihr als erstes belehrende Worte ein. Verflixt! Dabei fand sie es total süß, dass er für die Jungs kochte.

"Kann ich dir sonst irgendwie helfen?", erkundigte sie sich und wusste im gleichen Moment, dass auch diese Frage nicht weiterführen würde. Männern ein Hilfsangebot zu unterbreiten war in etwa so, als ob Mutti ihnen ein Lätzchen umband und dann fütterte.

52

Männer wollten ihre Probleme <u>selbst</u> lösen. Wer sie daran hinderte, hatte verloren.

"NEIN!" antwortete Paul dann auch seinem Geschlecht entsprechend. "Gibt es noch anderes Öl in deiner Küche? Das hier stinkt!"

"Ja. Entschuldige bitte. Das hätte ich dir sagen müssen, es eignet sich nicht mehr zum Braten. Im Schrank steht noch eine Rapsölflasche."

Sie gab Paul das Gewünschte und verließ den Ort des Geschehens. Es schien ihr besser, den Puffermacher alleine zu lassen.

Nach einigen Minuten ertönte Pauls Stimme mit leicht verzweifeltem Unterton: "Karla???????"

Nanu? Brauchte der Mann etwa doch Unterstützung?

"Diese Dinger werden nicht fest! Dabei habe ich das Öl schon zum zweiten Mal ausgewechselt!". Paul hielt anklagend die Pfanne mit breiigen Resten hoch.

"Es funktioniert bei mir auch nicht immer." Für diesen Satz vergab Karla sich einen Pluspunkt. Eigene Unzulänglichkeiten zuzugeben, war in manchen Situationen durchaus hilfreich.

"Das ist doch totaler Mist. Den Hersteller sollte man verklagen", schimpfte Paul.

"Bei der zweiten Pufferpfanne wird es meistens besser", versuchte Karla vorsichtigen Optimismus zu verbreiten.

"Gibt es die nicht auch fertig zu kaufen?" , erkundigte sich Paul. Er war offensichtlich der Ansicht, bereits alles in Sachen ‚Pufferteig selber machen' geleistet zu haben.

"Schon. Vielleicht beim nächsten Mal?"

"Neee. Ich geh' gleich nochmal los und besorge welche."

Und schwupps war Paul zur Tür hinaus.

Karla entsorgte die verunglückten Puffer und schüttete den angerührten Teig ins Klo. Was nicht ging, ging eben nicht. Was bei Paul nicht klappte, würde bei ihr – vor allem aus Gründen einer konstruktiven Nachbarschaftsbeziehungspolitik - in keinem Fall funktionieren. Es war doch toll, dass Paul ein Mann war, der sich zu helfen wusste. Und diese Puffer-Hersteller sollten sich mal warm anziehen und etwas Anständiges produzieren, um ihre Kunden bei der Stange zu halten. Der Mann von heute war anspruchsvoll. Wenn die Pulverware nicht benutzerfreundlich war, fiel sie durch. Dann mussten eben Fertigprodukte her. Basta!

Strategien

"Mama, kann Paul mir was vorlesen?" fragte Benny in seinem neusten Asterix-Heft blätternd. "Darf ich mal an seine Tür klopfen?"

"Du kannst es versuchen. Aber wenn er nicht öffnet, kommst du wieder zu mir in die Küche, ja?"

Da Benny nicht zurückkehrte, schien Paul ihm Einlass gewährt zu haben. Ihr Sohn kehrte erst zurück, als Karla bereits den Tisch für das Abendessen vorbereitet hatte und eine Gurke in Scheiben schnitt.

„Mama, Paul ist schon nach ein paar Seiten vom Asterix-Heft *einfach eingeschlafen*."

„Da war der Paul wohl ganz schön müde, was?"

„Ja. Aber es war gerade genau an meiner Lieblingsstelle. Da, wo der kleine Spanier seinen roten Kopf bekommt! Du weißt doch, Mama – er hält immer die Luft an, wenn die anderen nicht tun, was er will."

"Mhhh."

"Mama?"

"Ja Benny?", Karla schaute von den Gurkenscheiben zu ihrem Sohn auf.

"Das ist doch doof, oder? Da kann man ersticken."

"Ich glaube, er tut nur so. Das ist ein Trick von ihm, weißt du?"

"Ein Zaubertrick?"

"Genau. Aber den kann man nicht mit jedem machen."

"Warum?"

Weil nicht jeder erpressbar ist, dachte Karla im Stillen.

"Na stell' dir mal vor, ich würde dich dabei kitzeln...", antwortete sie ihrem Sohn.

"Dann muss ich lachen."

"Genau! Und dabei holst du Luft, oder?"

"Das stimmt", Benny dachte kurz nach. „Aber was muss *ich* denn machen, wenn ich etwas von *dir* will, Mama?"

"Vielleicht könntest du mich fragen?"

"Aber wenn du nein sagst?"

"Dann habe ich vielleicht einen Grund dafür?"

"Was ist ein Grund?"

"Wenn ich dir zum Beispiel verbiete, fünf Eis auf einmal zu essen, dann möchte ich nicht, dass du Bauchschmerzen bekommst. *Das* ist ein Grund."

"Kann ich ein Eis?"

Karla lachte und verdrehte die Augen.

"Nein. Und bevor du die Luft anhältst – hier ist eine Gurkenscheibe. Gleich gibt es Abendbrot!"

Traumtyp

Ich rase mit meinem Fahrrad auf den Parkplatz vor Norma in der Mohriner Allee, schließe es in Windeseile an, ziehe mir einen Einkaufswagen und steuere schnurstracks durch den Laden – genau wissend, was ich brauche. Es ist kurz vor halb sechs und ich muss mit zu langen Hosenbeinen noch zum Schneider. Der hat nur bis 18.00 Uhr geöffnet. Außerdem ist er noch eine gute Viertelstunde entfernt. Es muss also alles sehr fix gehen. Mit meinem ruck, zuck gefüllten Einkaufswagen steuere ich in Richtung Kasse. Einen halben Meter davor drängelt sich ein Mann um die Dreißig in orangefarbener Hose mit grauen Leuchtstreifen frech vor. Er trägt seine Einkäufe im Arm. Eine Wodkaflasche und ein paar Kekse. Na gut. Er scheint es noch eiliger zu haben als ich. Ich bleibe ruhig. Die paar Sachen, das geht schnell. Außerdem mag ich Müllmänner. Sie grüßen immer so freundlich, wenn sie in unserer Straße die Tonnen leeren oder gelbe Säcke abholen. Dieser hier legt seine Einkäufe aufs Band und strahlt die Kassiererin an, deren dunkelbraun gelockte, mittellange Haare ein noch sehr junges, attraktiv aussehendes Gesicht mit einer schwarz umrandeten Brille umspielen. Bestimmt eine jobbende Studentin.
"Hallo mal wieder! Noch schnell ein paar Einkäufe zum Feierabend", sagt Mülli.
Schnell finde ich gut. Allerdings scheinen wir von "schnell" sehr unterschiedliche Vorstellungen zu ha-

ben.

"OH. Moment mal. Habe was vergessen", fällt dem Mülli nämlich plötzlich ein.

OH - macht ja nix. Der Schneider wird schon noch geöffnet haben, wenn ich hoffentlich irgendwann dort ankomme. Ich fahre meinen Wagen wieder aus der Kassenstraße heraus, weil Mülli sonst nicht durchkommt und kann deshalb meine Artikel nicht aufs Band legen. Das wird mich mindestens zwei bis drei weitere Minuten kosten.

Er geht gemessenen Feierabendschrittes zu den Bierkästen, die gleich neben der Kasse stehen. Na gut. Wie gesagt. Ich mag Müllmänner. Er zwängt sich mit den zwei geholten Bierflaschen wieder an mir vorbei und legt sie zu seinen übrigen Sachen.

"Ach Mensch, kannst du mal hochfahren?", fragt er sodann die Kassiererin, zu der er offensichtlich ein engeres Verhältnis hat oder haben möchte – warum sollte er sie sonst duzen.

"Ich brauche noch etwas Gesundheitsgefährdung." Auch das noch. Das Absperrgitter verschwindet leise surrend und lässt den Zugriff auf das dahinter liegende Regal zu. Ich schiebe nochmals meinen Wagen ein Stück zurück, sonst kommt Mülli nämlich nicht an seine Lieblingszigaretten. Weitere zwei Minuten vergehen.

"Danke", sagt er freundlich in meine Richtung.

"Bitte", antworte ich mit minimal ironisch-genervtem Unterton.

Zwei Schachteln "Rauchen kann töten" gesellen sich

zu Schnaps und Bier.

"Muss ja mein Schwarzgeld gut anlegen", vertraut er der hübschen Brillenträgerin an.

Hört, hört. Mutige Worte, denke ich. Man(n) weiß ja nie, wer so hinter einem steht und mithört, ne?

"Ich sag' dir" – und mit dir meint er die Kassiererin – "Mülli musst du sein...immer Geld in der Tasche."

Mann! Was soll das? Will er die Kassiererin mit seinem gutem Verdienst für sich gewinnen? Kommt gleich ein Heiratsantrag? Ich betrachte ihn von der Seite: er sieht recht männlich aus. Groß, breitschultrig, muskulös, kräftig, aber nicht dick. Etwas bärtig, hellblaue Augen mit Lachfalten. Ansehnlich.

"Echt ein Superjob, sage ich dir."

Offensichtlich mit Einnahmen aus Müllnebengeschäften, die an Arbeitgeber und Finanzamt vorbei direkt in Mülli's eigene Tasche wandern. Meine linke Augenbraue schnellt berufsbedingt leicht in die Höhe bei diesem Gedanken. Mülli zahlt derweil, während der Smalltalk mit der Kassiererin weiter läuft.

"Die hier bringe ich Opa in den Garten." Er zeigt auf die Wodkaflasche, um sie dann gemeinsam mit den Keksen, den zwei Bierflaschen und den Zigaretten vorsichtig und laaaangsam in seinen Armen zu stapeln. Gar nicht so einfach - denn auch auf kräftigen Armen ist nur begrenzter Platz vorhanden. Es braucht seine Zeit, bis alles ausbalanciert ist.

"Vielleicht spendiert Opa ja mal einen Einkaufsbeutel?", frage ich freundlich – denn es ist nicht auszuschließen, dass ich demnächst mal wieder hinter dem Mann an der Kasse stehe. Ein Beutel wäre zumindest ein kleiner Fortschritt in Richtung kürzere Wartezeit für nachfolgende Kunden und eine Vorstufe zum von mir priorisierten Einkaufswagen.

Mülli sieht mich an und meint dann grinsend: "Neee, Enkel braucht keinen Beutel. Er hat ja zwei Hände."

Und eine echte ARSCHruhe. Jetzt reicht's.

"Nicht nur zwei Hände – auch ein Problem", erwidere ich genüsslich, während ich in meine rechte Jackentasche greife und den Dienstausweis zücke.

"Steuerfahndung, Abteilung Schwarzgelder. Ihren Personalausweis bitte. Wo genau arbeiten sie?"

Der braungebrannte Mann in Orange wird blass um die Nase. Während sich in meinem Inneren ein warmes Gefühl von tiefer Genugtuung ausbreitet, ertönt plötzlich ein unangenehmes, schrilles Piepen, dass nicht aufhören will. Verflixt. Was ist das? Wo kommt das her? Ich schlage die Augen auf. Die Sonne scheint direkt auf meine Nase. Es ist sechs Uhr. Der Wecker macht mich mit seinem penetranten Ton darauf aufmerksam, dass ich aufstehen und zum Büro fahren muss.

So was Blödes! Mein schöner Traum war doch noch gar nicht zu Ende.

Ein Fahrradmärchen

Wer es noch nicht weiß: alle siebzehn Minuten wird in Berlin ein Fahrrad gestohlen – über dreißigtausend pro Jahr. Auch meins war weg, als ich damit neulich nach der Arbeit nach Hause fahren wollte. Dabei stand es angeschlossen und gut sichtbar am Fahrradständer neben dem Eingang zur U-Bahn in Alt-Mariendorf. Echt dreist. Natürlich habe ich den Diebstahl bei der Polizei angezeigt – der Ordnung halber. Für die Statistik. Gebracht hat es nicht das Geringste. Und da ich so schnell wie möglich wieder einen fahrbaren Untersatz brauchte, half nur eins: ein neues Rad musste her. Möglichst oll sollte es aussehen, damit es nicht gleich wieder geklaut würde. Bei ebay fand sich, was ich suchte. Der Verkäufer hatte den ganzen Keller voller Fahrräder. "Habe isch direkt bei Polizei ersteigert. Alles belegt. Kannst du schauen." Das machte ich sehr gründlich. Den Belegen zufolge hatte er tatsächlich diverse Fahrräder vom Fundbüro erstanden. "Das sind oft Sammelposten, muss man alle nehmen". Ja – aber ohne Angabe von Marken, Farben und Registriernummern? Woher sollte ich wissen, ob da auf der Rechnung tatsächlich mein ausgesuchtes Fahrgestell enthalten war? Der Verkäufer blätterte weiter in seinen Unterlagen. "Hier, schau mal – schwarzes Fahrrad." Na wenigstens die Farbe stimmte. Es war allerdings das einzige Merkmal, das sich aus der handgeschriebenen Quittung entnehmen ließ. Andererseits: immerhin. Außerdem brauchte ich wirklich dringend einen fahrbaren Untersatz.

"Du kannst Probefahrt machen."

Na schön. Ich stieg auf und fuhr los. Die Gänge schalteten sich holperig und irgendetwas klapperte am Hinterrad. Ich bekam das gute Stück deshalb fünfundzwanzig Protzent billiger und fand mich gar nicht schlecht als Verhandlerin. Zu diesem Zeitpunkt war mir noch nicht bekannt, dass die Gangschaltung ein Fake, das Schutzblech irreparabel, das Hinterrad falsch herum eingebaut und das ganze Rad eine mittlere Katastrophe war, die allenfalls für kurze Einkaufstrecken taugte. Mein Unterbewusstsein hingegen schien dies bereits vorauszuahnen und sandte mir in der sich anschließenden Nacht einen sehr intensiven Traum.

Er handelte von einer jungen Pilzeverkäuferin namens Annabell.

Sie lebte vor langer Zeit in einem sehr kleinen Häuschen mit verwitterten Fensterläden und schiefem Dach am Rande einer großen Stadt. Eines Tages wurde ihr ein Flugblatt in den mit roten Rosen umrankten Briefkasten geworfen. Dort stand zu lesen, dass sie einen Wunsch frei hätte. Sie müsste nur für ein Jahr das Berliner Märchenblatt abonieren. "Wie wunderbar", dachte Annabell und ihre Augen begannen zu leuchten. Ihr war, als ob die Feen des Universums sie endlich erhört hätten. Es störte sie überhaupt nicht, dass der Wunsch an sehr konkrete Bedingungen geknüpft war. Denn ihr größterTraum war ein Fahrrad. Und genau das wurde ihr in der Werbeanzeige versprochen. Gut - sie musste ein ganzes Jahr lang das Berliner Märchenblatt bestellen und bezahlen. Aber es gab Schlimmeres, als das Neuste von Feen, Hexen, Zwergen, bösen Zauberern und armen Geschwisterkindern zu lesen. Außerdem brauchte sie ohnehin viel Papier, um des Morgens ein Feuer im Kamin anzuzünden. Also hob Annabell zustimmend ihren Daumen gen Himmel. Im gleichen Moment machte es plopp – und vor ihr stand ein wunderschönes schwarzes Fahrrad, das sofort funktionsfähig war. Annabell fuhr sodann fröhlich durch die Lande, genoss das mobile Leben und las die Märchenzeitung.

Nach genau einem Jahr und einem Tag wollte sie nach dem Pilzesuchen im Wald wie gewohnt ihr Fahrrad besteigen. Sie hatte es an jener grünen Tanne abgestellt, an der es immer stand. Aber dort war es nicht mehr. Das schöne Fahrrad war verschwunden. Annabell lief verzweifelt am Waldesrand auf und ab und suchte überall nach ihrem geliebten Beförderungsmittel. Doch sie konnte es nicht finden. Welcher böse Gnom hatte ihr da einen Streich gespielt? Welcher miese Rumpelstielz hatte es entwendet? Oder hing es mit den Bedingungen der Märchenzeitung zusammen? Die waren so klein gedruckt gewesen, dass sie sie nicht hatte lesen können. Galt das Angebot gar nur für genau ein Jahr? Annabell schickte alle Verwünschungen, die ihr einfielen, ins Universum und hoffte, dass sie von dort an die richtigen Adressaten weitergeleitet würden. Dann überlegte sie verzweifelt, was zu tun sei. Sie war auf ihr rollendes Transportgerät angewiesen. Wie sollte sie fortan ihre Pilze zum Markt fahren? Der Weg war weit und die Körbe schwer. Weinend sank sie auf den moosbewachsenen Waldboden und wusste nicht weiter. Plötzlich erklang ein leises "Pling". Sie sah auf. Vor ihr stand ein kleiner Mann mit einem grauen Mantel.

"Warum weinst du, junge Magd?", fragte er.

"Ich habe kein Fahrrad mehr. Es ist verschwunden", schluchzte Annabell.

"Und wieso ist das ein Unglück für dich?", erkundigte sich der Mann teilnahmsvoll.

"Wie soll ich mein Brot verdienen, wenn ich keine Pilze transportieren kann?"

"Ich verstehe. Vielleicht kann ich dir helfen." Der Mann holte eine Glaskugel aus seiner Manteltasche. Er schüttelte sie und hielt sie Annabell vor die Augen. "Schau einmal hier hinein."

"Oh. Ich sehe ein wunderschönes schwarzes Fahrrad. Ohne jeden Kratzer und mit einer 7-stufigen Gangschaltung. Es hat sogar ein Schutzblech, so dass mein Rock nicht in der Kette hängen bleiben kann."

"Es ist so gut wie neu. Du kannst es bekommen – für

fünf Pilzkörbe."

Annabells Herz begann augenblicklich schneller zu schlagen.

"Wirklich? Wäre es vielleicht schon zu morgen möglich? Ich würde die Pilze nach Sonnenaufgang sammeln und könnte sie dir zum Mittag bringen."

"So sei es", sagte der Mann.

Am nächsten Tag ging Annabell in den Wald und hatte schon nach weniger als einer Stunde sechs Körbe mit Pilzen gefüllt. Als die Sonne hoch am Himmel stand, kam sie zu der Stelle, wo sie dem Mann begegnet war. Sie hörte erneut ein leises "Pling". Wieder erschien der Mann – diesmal mit einem schwarzen Fahrrad.

Annabell lief in freudiger Erwartung darauf zu. Doch – was war das? Das Fahrrad sah ganz anders aus als jenes aus der Glaskugel.

"Sag, lieber Mann - warum hat denn dieses Rad so viele Roststellen am Rahmen?"

"Damit es weniger attraktiv für Diebe ist", antwortete der Mann mit dem grauen Mantel.

"Und warum wackelt das Schutzblech so?"

"Damit die Tiere dich gut hören und sich in Sicherheit bringen können, wenn du durch den Wald fährst."

"Und warum funktioniert die Gangschaltung nicht richtig?"

"Das kommt dir nur so vor."

Annabell rieb sich mit ihrem Zeigefinger die Nase, während sie kurz nachdachte. "Na gut. Für meine

Zwecke genügt es", erwiderte sie. "Aber zwei Körbe voller Pilze reichen als Bezahlung gewiss aus, nicht wahr?"

"Die neu aufgezogenen Reifen waren nicht billig, aber ich würde es dir für vier Körbe überlassen – das ist mein zauberhafter Verhandlungsspielraum", sagte der Mann mit geschäftigem Lächeln.

Annabell fiel ein Gespräch ein, dass sie vor einigen Wochen auf dem Markt belauscht hatte. Ein Jäger hatte einem anderen erzählt, dass man sich beim Feilbieten seiner Ware nicht alles gefallen lassen dürfe. "Jeder hat seine Schwachstellen, mein Freund", hatte der Jäger zu seinem Kollegen gesagt. "Wenn du die findest, hast du eine gute Verhandlungsbasis."

Annabell überlegte kurz und sprach dann zu dem kleinen Mann: "Drei Körbe und das Fahrrad gehört mir. Dafür verrate ich keinem, dass deine Glaskugel nicht die Wahrheit zeigt und gebe dir auch noch ein paar besonders schmackhafte Pilze aus meinem sechsten Korb."

Der Mann mit dem grauen Mantel starrte Annabell an und überlegte. Sein Gesicht verfärbte sich dabei grün und aus seinen Ohren qualmte weißer Rauch. Nach einer Weile verkleinerte er seine Augen zu schmalen Schlitzen und sprach: "Also gut. So sei es."

Als Annabell kurze Zeit später mit den ihr verbliebenen drei Körben zum Markt radelte, um sie dort zu verkaufen, fühlte sie sich recht zufrieden. Zwar war das erstandene Fahrrad vermutlich eher zwei als drei Pilzkörbe wert, aber sie hatte trotzdem gut verhandelt. Außerdem würde der Mann mit dem grauen Mantel und der realitätsfernen Glaskugel sein schwarzes Wunder erleben, wenn er die Pilze nicht innerhalb kürzester Zeit zubereitete. Sie hatte ihm nämlich in jeden seiner drei Körbe ein paar Schopftintlinge getan. Diese Pilze schmeckten wirklich ausgezeichnet. Ließ man sie jedoch ein wenig zu lange liegen, zerflossen sie zu einer tintenartigen Flüssigkeit, die alles verfärbte, was mit ihr in Kontakt kam und nur von ehrlichen Menschen abgewaschen werden konnte.

Eine Stimme sprach noch lächelnd aus der Ferne: "Und wenn Annabell und der Mann mit den schwarzen Händen nicht gestorben sind, dann leben sie noch heute".
Dann wachte ich auf.

Papa hat viel zu tun

Ich sitze mit meinem Laptop bei regnerischem Wetter im Café und schreibe an einer Geschichte, die mir auf dem Weg hierher quasi vors Rad gelaufen ist. Außer mir hat offensichtlich niemand Lust auf Eis oder ein Heißgetränk, denn ich bin gerade die einzige Besucherin. Die freundliche Bedienung bringt mir eine große Tasse Kakao mit dicker Sahnehaube. Wie lecker. Ich tauche meinen Teelöffel ein, lasse die erste Schokoladensahne auf der Zunge zergehen und schmelze förmlich dahin. Was für ein Genuss.

Plötzlich öffnet sich die Ladentür. Ein kleiner Junge stürmt herein, direkt zu mir in die hinterste Ecke des Raumes. Ihm folgt mit energischen Schritten ein schlanker Mann Ende dreißig.

"Nein, nicht da hinten, Linus. Komm, wir setzen uns hier hin. Zieh deine Jacke aus. Wir stärken uns jetzt mal. Willst du wieder ein Schokoladeneis? Und eine Apfelsaftschorle?" Linus nickt und der Vater gibt ihre Wünsche an die Bedienung weiter, die erwartungsvoll hinter der Theke steht.

"Wir müssen das Wochenende planen, Linus", eröffnet der Vater seinem Sohn, während er sich zu ihm an den mir schräg gegenüber stehenden Tisch setzt. "Lass uns mal nachdenken. Was wollen wir denn machen? Was meinst du?"

Der Kleine überlegt.

"Weiß nich." Er rutscht auf seinem Stuhl hin und her.

"Mit Autos spielen?"

"Wirklich? Vielleicht gehen wir lieber ins Theater. Wie findest du das? Der kleine Rabe Socke. Tolle Idee, oder? Hat Mama vorgeschlagen.

Sie möchte außerdem, dass ich die Dunstabzugshaube repariere. Dann soll ich noch den Durchlauferhitzer auseinandernehmen. Dabei kannst du mir helfen, Linus. Das wird nicht einfach werden und viel Zeit kosten, aber es muss gemacht werden.

Wenn wir hier mit Eis essen fertig sind, will Mama mit uns einkaufen. Wir müssen schon bald los. Entspann dich also vorher noch ein bisschen."

Leicht erschlagen von dem Wochenendprogramm eines ganz offensichtlich viel beschäftigten Mannes führe ich meine Tasse mit heißer Schokolade an die Lippen. Köstlich, diese Sahne. Meine Augen wandern kurz zu den Teilnehmern des recht einseitigen Dialogs am Nachbartisch. Da sie nicht weit weg sitzen, fühle ich mich wie im Theater. Direkt vor der Bühne. Hervorragende Akustik. 1a-Blick.

Die Bedienung naht und bringt das Bestellte. Es kehrt kurz Ruhe ein. Vater und Sohn beginnen, ihr Eis zu essen. Dann fängt der Kleine wieder an, auf seinem Stuhl hin und her zu rutschen. Außerdem rührt er wild in seinem Plastikbecher herum und beginnt darüber zu lachen.

"Linus, du verhältst dich wie ein kleines Kind. Dabei du bist doch schon vier", tadelt der Vater.

'SCHON?', denke ich.

"Sag doch mal, Linus, wieso hast du mich vorhin im

Auto nach den Stalaktiten gefragt? Wie bist du denn darauf gekommen, hm?"
Das würde ich nun auch gerne wissen. Wie kommt ein Vierjähriger auf *Stalaktiten*?
"Wegen Mallorca", antwortet Linus.
"Ach ja. Genau. Da sind wir mit Mama hingeflogen, stimmt's? Wo waren wir denn da nochmal genau?"
"Weiß nich."
"Aber das habe ich dir doch schon ganz oft gesagt. Cala Ratjada. Wir waren in Cala Ratjada."
"Ja. Cala Ralada."
"Cala Ratjada. Wiederhole es bitte nochmal."
"Cala..."
"Schau mal."
Der Vater unterbricht seinen Sohn und hält ihm sein Handy hin. Was soll das denn jetzt? Will er ihm die Phonetik für die richtige Aussprache zeigen? Kann das kleine Wunderkind schon lesen? Es würde mich nicht überraschen. Linus könnte in Kürze zu den Kindern gehören, die aufgrund elterlicher Bildungs- maßnahmen in der ersten Klasse komplett unter- dert sind und vor lauter Frust darüber ihre Mitschü- ler aufmischen.
"Wie nennt man das hier nochmal, Linus?"
"Weiß nich."
Worüber haben wir denn gerade eben gesprochen"?
"Cala Rajada?"
"Cala Ratjada. Ja. Und davor? Überlege bitte noch- mal."
"Stalaktiten?"

Ich staune, dass der Kleine das Wort fehlerfrei aussprechen kann.

"Genau. Das sind Tropfsteine, die in einer Höhle von der Decke hängen. Das weißt du doch noch, oder? Wir haben uns das vor gerade mal einem halben Jahr angesehen."

Ein halbes Jahr entspricht im Leben eines Vierjährigen gut zwölf Prozent – ist also schon eine ganze Weile her...

"Weißt du noch, wie die wachsen?"

"Nö."

"Stalaktiten wachsen von oben nach unten – Stalagmiten von unten nach oben. Aber das muss man noch nicht wissen, wenn man erst vier ist."

Das erleichtert mich ungemein. Der Kleine scheint doch noch nicht in Kürze Professor werden zu müssen. Leider wird sich in seinem Gehirn einbrennen, dass er Fragen seines Vaters des öfteren nur mit "weiß nich" beantworten kann. Ob sich das positiv auf sein Selbstwertgefühl auswirken wird?

"Das müssen noch nicht mal Erwachsene wissen", ergänzt der Vater.

Wie beruhigend.

"Was haben wir denn jetzt am Wochenende vor, Linus? Zähl' doch bitte noch mal alles auf, was wir eben besprochen haben."

"Weiß nich."

"Aber ich habe es dir doch gerade erklärt. Wir müssen viel schaffen. Vielleicht muss der Papa auch zu Hause bleiben, weil er so viel zu tun hat. Dann gehst du mit Mama alleine ins Theater. Oh!"

Ich schaue wegen des erschreckten Ausrufs kurz auf. Der Vater sieht demonstrativ einen längeren Moment auf seine Uhr.

"Es ist ja schon halb sechs. Wir müssen jetzt mit der Mama einkaufen. Zieh' dich schnell an."

Mit diesen Worten geht die Vorstellung am Nachbartisch zu Ende. Ein unsichtbarer Vorhang fällt. Vater und Sohn werfen zügig ihre Jacken über, bewegen sich schnellen Schrittes zur Bedienung, bezahlen und entschwinden mit den väterlichen Worten: "Nun aber fix, die Mama wartet bestimmt schon auf uns."

Ich winke der Bedienung und bestelle mir einen Kamillentee, um nach den aufregenden letzten zwanzig Minuten wieder zur Ruhe zu kommen. Dann nehme ich mir vor, meine volljährigen Söhne am Abend nach Stalagmiten und Stalaktiten zu fragen. Mal sehen, ob ich ihnen noch 'was Wichtiges fürs Leben beibringen kann.

Vorbildlich?

Ich fahre früh am Morgen auf dem Radweg des Britzer Damms Richtung Hermannplatz und wundere mich.

Erstens: keine unangeleinten Hunde, die sich unvermutet von links vor mein Fahrrad stürzen, weil ihnen die Baumscheibe nicht zusagt, an die sie Herrchen von rechts laufen lässt, obwohl es mich herannahen sieht.

Zweitens: keine Beifahrertüren, die schwungvoll in meine Richtung geöffnet werden und nur deshalb keinen Unfall verursachen, weil ich mit Intuition und Schutzengel ausweiche.

Drittens: keine Geisterläufer, die mir auf dem Radweg entgegen gelaufen kommen. Warum sollten sie auch den grauen Fußweg benutzen, wenn es den rot gepflasterten Bereich daneben gibt, der viel schöner aussieht? Fast wie ein roter Teppich?

Ich habe tatsächlich schon mehr als die Hälfte meines Arbeitsweges geschafft – *ohne* Vorfälle. Hallo Neukölln? Was ist los mit dir?

Noch immer verwundert fahre ich in der Bendastraße auf eine Kreuzung zu. Eine Frau kommt von links angelaufen. Auf dem Bürgersteig. Starrt auf ihr Handy. Ist ja normal in der heutigen Zeit. Manche suchen Pokemon, andere lesen Whatsapp-Nachrichten, dritte finden ihren Weg nur noch per Navi. Das Herabschauen aufs Smartphone ist allerdings nicht wirklich empfehlenswert, wenn eine Straße überquert werden muss. Noch weniger, wenn von rechts ein Fahrrad naht. Die Frau lässt sich dadurch nicht stören, schaut weiter nach unten und wird in der nächsten Zehntelsekunde ihren Fuß auf die Fahrbahn setzen. Ist ja auch für alle Verkehrsteilnehmer deutlich zu sehen, wenn ein Fußgänger über die Straße geht. Fußgänger haben Vorfahrt. Alle anderen können schließlich bremsen. Klar. Überhaupt kein Problem. Weder für Radfahrer noch für Autofahrer. Von (hoffentlich nur) fünfzig auf null. Easy. Und falls mal jemand überfahren werden sollte: bei posttraumatischen Belastungsstörungen nach unverschuldeten Verkehrsunfällen mit Todesfolge gibt es ja viele Therapiemöglichkeiten. Ein Leben lang.

Ich versuche, meine unschönen Gedanken zu verdrängen, meine guten Vorsätze nicht aus den Augen zu verlieren (immer schön für die anderen mitdenken) und begebe mich in Bremsbereitschaft.

Da erst sehe ich den kleinen Jungen, der bisher von einem parkenden Auto verdeckt worden war. Er läuft neben der Frau. Sein Kopf befindet sich in Höhe ihrer durch einen langen Mantel verdeckten Hüfte, während sie sich weiter mit ihrem schwarzen Gerät beschäftigt. Vielleicht ist sie der Meinung, dass Kinder ihre eigenen Erfahrungen beim Überqueren von Fahrbahnen machen müssen. Der Kleine darf nämlich vollkommen alleine über die Straße gehen. Ohne an die Hand genommen oder eines Blickes gewürdigt zu werden. Er erweist sich zunächst als geübter Verkehrsteilnehmer und schaut nach links. Das wird er wohl eher im Kindergarten und nicht bei seiner Mutter gelernt haben. Als er den Kopf nach rechts wendet, nehmen wir kurz Blickkontakt auf. Er sieht mich herannahen. Mit leuchtender Warnweste und zusammengezogenen Augenbrauen. Er verharrt. Prima. Sehr gut. Ich vergebe ein Däumchen nach oben. Leider zu früh. Anstatt sich auf seine Kindergartenerziehung zu verlassen, orientiert sich der Junge nämlich nun an seiner Mutter. Die läuft seelenruhig weiter auf die Fahrbahn. Der Kleine auch. Direkt vor mein Vorderrad.

„*NA SAG MAL*, du musst doch wenigstens auf dein *Kind* aufpassen…“, schreie ich die Handyfrau während meiner Vollbremsung an und komme – Gott sei Dank - ein paar Zentimeter vor dem Kleinen zum Stehen.

„Ach halt doch die Klappe, Mann! Kannst du doch auch“.

ALSO!

Erstens bin ich eine Frau.

Zweitens werde ich in einer solchen Situation auf gar keinen Fall die Klappe halten. Das wäre ja wohl noch schöner.

Drittens kann man sich natürlich darauf verlassen, dass alle *anderen* aufpassen. Das könnte aber auch mal schiefgehen, oder?

Was mich besonders wütend macht, ist dieser desinteressierte, entnervte und leicht provozierende Tonfall in ihrer Stimme. Es scheint ihr völlig wurscht zu sein, dass ihr Sohn durch ihr grob fahrlässiges Ver-

halten fast von mir überfahren worden wäre. Ich spüre die starke Versuchung, der Frau eine Ohrfeige zu verpassen. Nur mühsam bremse ich meine zuckende rechte Hand, die sehr gerne mit voller Wucht auf ihre dick geschminkte Wange klatschen möchte. Mein Verstand besiegt meine aufwallenden Emotionen durch folgende Überlegungen:
Erstens: Ein Verfahren wegen Körperverletzung könnte unschön ausgehen.
Zweitens: Die Frau könnte fünf starke Brüder haben.
Statt handgreiflich zu werden, wende ich mich gedanklich an höhere Mächte:
,Liebes Universum, bitte stelle dem Kleinen immer einen zuverlässigen Schutzengel an die Seite und schenke seiner Mutter die Kompetenz für Prioritätensetzung im Leben. Am Besten lässt du sie ihr Smartphone verlieren. Und die EC-Karte gleich mit – dann kann sie sich nicht so schnell ein neues kaufen.'
Im Büro angekommen stelle ich fest, dass meine Bitten an das Universum wohl falsch verstanden wurden.
Erstens: Der Akku von meinem Smartphone ist leer.
Zweitens: Ich habe mein Ladekabel vergessen.
Drittens: Die EC-Karte liegt ebenfalls zu Hause.

Märchenhaft

Es war einmal vor langer Zeit im Lesecafé des Britzer Gartens. Da herrschte Ruhe und Stille, wenn man bei dreiunddreißig Grad auf der lauschigen Terrasse unter cremefarbenen Sonnenschirmen saß und seinen Latte Macchiato mit Blick auf eine herrliche Vegetation aus Blumen und Bäumen genoss. Es gab viele Leute, die Zeitungen oder sogar Bücher aus der kleinen, angeschlossenen Bibliothek lasen. Man hörte die Bienen summen, ein paar Vögel zwitschern, ab und an leise Gespräche über die aktuelle politische Lage und an manchen Tagen – vorzugsweise an Freitagen und am Wochenende – auch das Geklapper von Laptoptasten :-).
Wie herrlich das war. Natur pur in beruhigendem Ambiente.

Mit `Es war einmal ' fangen Märchen an.
Das Lesecafé-Märchen ist inzwischen vorbei.
Die Ruhe und die Stille sind der stark angestiegenen Anzahl von Lesecafé-Besuchern zum Opfer gefallen.
Ich bin an diesem Samstag, 9.30 Uhr, heilfroh, den letzten freien Tisch im Außenbereich zu ergattern. Er liegt leider in der prallen Sonne. Für einen Schattenplatz hätte ich bei der momentanen Hitze pünktlich um 9.00 Uhr eintreffen müssen. Mich umgeben zahlreiche Tischgruppen mit angeregten Gesprächen. Ein juchzendes Mädchen fährt auf seinem Fahrrad durch

den schmalen Gang zwischen den Stühlen hindurch. Hin und her. Her und hin. Ein Baby schreit, weil es irgend ein Bedürfnis hat und über uns fliegt gerade ein kleines Flugzeug mit lautem Motorenlärm.

Kurz gesagt: es herrscht eine inzwischen völlig normale Geräuschkulisse.

Ich lasse meinen Laptop hochfahren und beginne mit dem Schreiben. Plötzlich ertönt am Nachbartisch der schrille Klingelton eines Handys. Zusammenzuckend vermute ich ein akutes Hörproblem bei der Besitzerin. Nachdem sie nach einer knappen Minute des Dauerläutens endlich den Annahmeknopf gefunden hat, sagt eine ältere Dame: „Hallo Birgit, wir sitzen gerade im Britzer Garten und trinken Kaffee".

Das kann ich kurz aufblickend bestätigen.

Die Gesprächspartnerin am anderen Ende der Leitung lässt sich von diesem gut gemeinten Hinweis jedoch nicht aus dem Konzept bringen und redet munter drauflos. Es geht um Schüsseln mit lauwarmem Wasser unter dem Schreibtisch und um Willi – dem armen Kleinen geht es nicht so gut. Er muss betreut werden. Birgit scheint ein Zeitproblem zu haben. Wie bedauerlich. Ob Birgit auch weiß, dass die ältere Dame ihr Handy auf laut gestellt hat, so dass alle mithören können?

Übrigens: Viele denken ja, dass man am Telefon immer extrem laut und deutlich sprechen muss, weil der andere einen sonst nicht so gut versteht. Die ältere Dame gehört auch zu dieser Sorte und spricht mit Birgit, als ob sie fünfzig Meter von ihr entfernt sitzen würde. Weil sich meine Tischnachbarn deshalb bei ihrem Gegenüber nicht mehr verständlich machen können, erheben sie ebenfalls ihre Stimmen und der Geräuschpegel um mich herum steigt stark an. Ich denke sehnsüchtig an meine auf dem Nachttisch liegenden Ohrenstöpsel, versuche meine rudimentär vorhandenen Kenntnisse des autogenen Trainings anzuwenden (ich bin ruuuuhig und entspaaaant) und überstehe so die nächsten neuneinhalb Minuten.

Als die ältere Dame endlich auflegt, wird es auch an den anderen Tischen wieder leiser.

Erfreulich.

Ich atme tief durch und kann endlich konzentriert weiterarbeiten. Inzwischen an einer zweiten Geschichte. Dieser hier ;-). Während ich noch an einzelnen Worten feile, erschallt erneut dieser schrecklich schrille Klingelton. Diesmal nur zwanzig Sekunden lang - Übung macht die Meisterin.

„Ich habe nachgefragt, sie kann nicht", sagt Birgit völlig verzweifelt. 'Sie' scheint ihre Mutter zu sein. Offensichtlich hat sie keine Zeit, um auf Willi aufzupassen. Wie schade. In mir regt sich erneut Anteilnahme. Vielleicht liegt ja darin der tiefere Sinn dieser Gespräche für die Allgemeinheit. Raus aus dem Jeder-leidet-für-sich, rein in das Gemeinschaftsmitgefühl.

„Wir können Dienstags, Mittwochs, Donnerstags, Freitags, Samstags und Sonntags", sagt die ältere Dame einsatzfreudig.

Ja. Oder anders gesagt: Montags NICHT. Aber das wäre natürlich eine KURZE, Tischnachbar-SCHONENDE Antwort gewesen.

Nach zwei weiteren Minuten der abschließenden Terminvereinbarung und Verabschiedung von der Schwiegertochter legt die ältere Dame auf und die Geräuschkulisse ist endlich wieder ganz normal.

Ein Glas fällt vom Tablett und zerspringt klirrend auf dem Steinfußboden. Bestecke werden auf Teller geworfen. Das Baby schreit mit erneutem Bedürfnis und ein weiteres Flugzeug lärmt. Neu hinzugekommen ist eine lebhaft miteinander diskutierende Nordic-Walking-Gruppe von zehn Leuten um die Siebzig. Sie platziert sich sechs Tische entfernt von mir. Weil die Nordic-Walker genauso laut und deutlich reden wie die ältere Dame, verstehe ich jedes einzelne Wort ihrer Unterhaltung.

Das kleine Mädchen mit dem Fahrrad spielt inzwischen mit einem Plastikball. Die Eltern lassen sich nicht davon stören, dass der Ball mit penetranter Kontinuität auf dem Boden auf tippt: doing, doing, doing...

Wenn dies jetzt ein Märchen wäre, würde der böse Wolf kommen und das kleine Mädchen samt Eltern verschlingen – und weil er gerade großen Hunger hat, die zehn diskutierenden Nordic-Walker gleich mit. Aber die Märchenzeit im Lesecafé ist ja vorbei. Vor mir spielt sich gewaltfreie Realität ab. Ich darf leider nicht nicht die böse Hexe sein, der Wolf ist im Berliner Zoo und zwei Meter von mir entfernt macht es weiter doing, doing, doing...

Was soll's. Das Ganze hat auch Vorteile.

Erstens: das Klacken meiner Laptoptasten geht in dem munteren Treiben um mich herum unter und ich erspare mir die bösen Blicke von Menschen, die sich einst beim Genießen der Natur davon gestört fühlten :-).

Zweitens: ich habe eine neue Geschichte. Eventuell kommt sogar eine weitere hinzu, denn die Nordic-Walker liefern sehr gut verständliche Themen en masse:-).

Drittens: den Pflanzen ringsherum scheint die Geräuschkulisse gut zu tun. Sie blühen noch prachtvoller als damals, vor langer Zeit, im Lesecafé des Britzer Gartens. Und das ist doch märchenhaft schön, oder :-)?

Spielsüchtig

Meine inzwischen volljährigen Söhne sehe ich recht selten. Sie sitzen sehr gerne in ihren Zimmern und daddeln am Computer. Aus Elternsicht ein sehr praktisches Hobby. Man weiß immer, wo die Kinder sind. Und auch wo sie *nicht* sind. Zum Beispiel mit 2,2 Promille im Krankenhaus, in der Drogenszene, zum Rauchen, beim Klauen, auf einer rechten Demo, in eine Schlägerei verwickelt. Nachdem mich das permanente PC-Gespiele anfangs an den Rand des Wahnsinns getrieben hat, bin ich inzwischen fast glücklich darüber. Denn nicht nur, dass meinen Söhnen dadurch Zeit und Gelegenheit für unschöne Dinge fehlt – zusätzlich erweitern sie täglich ihre Kompetenzen. Ihr Englisch ist richtig gut geworden, weil das die "Player-Sprache" ist. Sie können sehr schnell und flexibel denken, weil das die Voraussetzung für strategische Überlegungen bei 'LOL' und anderen Computerspielen ist, deren Namen ich mir nicht merken kann. Sie lernen unsere unmittelbare Umgebung kennen, weil sie sich von ihrer Mutter keine mangelnde Bewegung vorwerfen lassen möchten und daher täglich eine Runde "ums Haus" gehen. Hautkrebs durch Sonneneinstrahlung ist in den fünf bis zehn Minuten „draußen" so gut wie unmöglich (Vitamin D wird vielleicht nicht ganz regelmäßig zugeführt, aber da helfen diese kleinen Tablettchen). Und: Sie helfen sogar im Haushalt. Damit die Mama gute Laune behält und sie danach in Ruhe weiterspielen lässt. Ist doch alles recht positiv, oder?

Außerdem sage ich mir inzwischen nach eingehendem Studium von Fachliteratur und Gesprächen mit anderen betroffenen Müttern: es wird irgendwann - hoffentlich, eventuell, möglicherweise - vorbei sein mit dem ewigen Spielen.

Heute geriet mein diesbezüglicher Optimismus allerdings kurz ins Wanken. Als ich gegen 16.00 Uhr zum Döner-Laden am Mariendorfer Damm radelte, um dort vier türkische Pizzen für die ganze Familie zu kaufen, stand dort ein Mann am Geldspielautomat. Nicht mehr ganz jung, vielleicht so um die Fünfzig. Er hämmerte auf die Tasten des bunt leuchtenden Kastens ein, als ob sein Leben von einem potentiellen Gewinn abhinge. Dies alleine erzeugte bei mir schon den Eindruck, als ob er schwer süchtig und aus diesem Grund bemitleidenswert sei. Noch viel trauriger fand ich aber, dass um ihn herum seine Frau und vier Kinder im Alter von ungefähr eins bis acht standen, die ganz offensichtlich darauf warten mussten, bis Papa seine Sucht ausreichend bedient haben würde.

Nachdenklich fuhr ich das schnelle Mittagessen nach Hause und rief nach meinen Söhnen. Sie waren gerade nicht "im Spiel" und begaben sich umgehend aus ihren Zimmern im erstem Stock und Dach zum Essplatz ins Erdgeschoss. Gelobt sei das unumgängliche Bedürfnis des Menschen, in regelmäßigen Abständen Nahrung aufnehmen zu müssen. Wie bei unseren Mahlzeiten üblich, erfragte ich den aktuellen Status meiner Söhne: "Na? Wie war euer Tag?" und hörte erwartungsgemäß ein "Gut." Ich meine, das ist natürlich besser als ein "Schlecht." Wen stört da schon, dass ansonsten der Informationsgehalt dieser Aussage gegen Null geht. Da die beiden sofort wieder virtuell verabredet waren, verzichtete ich auf eine vertiefende Nachfrage.

Etwas später führte mich mein Weg gegen 18.00 Uhr erneut am Döner-Laden vorbei. Wie deprimierend! An der auch von draußen gut einsehbaren Ladenszenerie hatte sich nichts geändert. Die Frau versuchte noch immer ängstlich, ihre Kinder bei Laune zu halten, damit ihr Mann weiter ungestört der Illusion unterliegen konnte, dass sich sein Geld ganz bestimmt spätestens beim nächsten, wenigstens aber beim übernächsten oder vielleicht auch fünfundzwanzigsten Spiel vermehren würde. Eins der Kinder blies vor dem Laden seelenruhig Seifenblasen in die Luft. Es schien bereits bestens gelernt zu haben, wie man sich in einem Döner-Laden mit Geldspielautomat stundenlang beschäftigen kann.

Meine Beobachtungen führten nochmals zu Mitleid mit Frau und Kindern und einer leichten Beunruhigung bei dem Gedanken an meine spielfreudigen Söhne. Ob sie irgendwann auch solche Väter werden würden? Als ich sie beim Abendbrot hierzu befragte, bestritten sie dies aus tiefster Überzeugung: "Mama, das ist doch ein ganz anderes Problem. Das hängt nicht im Entferntesten mit unserem Spielen zusammen. Bei uns geht es um nichts Finanzielles. Wir entwickeln Strategien und handeln aktiv. Dieser Mann wartet passiv auf sein Glück, das nicht eintritt. Er ist abhängig vom Spielen, weil er damit Geld verdienen will. Er setzt immer mehr ein, weil er hofft, dass irgendwann der große Gewinn kommt. Mama – *der* ist *wirklich* süchtig.

Und falls du uns nicht glaubst: Google das mal!"

Liselotte kauft ein

Henry schiebt seinen mit Lebensmitteln beladenen Wagen zu den Kassen seines Lieblingsdiscounters. Zwei Schlangen haben sich davor gebildet. In der einen stehen fünf Leute, in der anderen zwei. Er stellt sich natürlich hinter die zwei Leute. Logisch. Er ist doch nicht blöd.

Eine jüngere Frau vor ihm hat bereits die Hälfte ihrer zwanzig Artikel auf dem Band deponiert. Das wird schnell gehen. Sehr gut. Seine kleine Tochter wartet zu Hause auf ihn. Er wird bald bei ihr sein. Oder auch nicht. Wieso geht es nicht weiter?

Aha. Vor der jüngeren Frau steht ein Störfaktor, der den ganzen Verkehr aufhält. Eine sehr alte Dame, die sich in gebückter Haltung bemüht, das Körbchen ihres Rollators zu entleeren.

Henry spürt, wie sich seine Nackenmuskeln leicht anspannen. Glückstage sind etwas anderes. Nun gut. Da muss er jetzt wohl durch. Hinter ihm stehen bereits weitere Kunden, ein Kassenwechsel ist nicht mehr möglich.

Moment mal! Wieso packt die jüngere Frau plötzlich keine Artikel mehr auf das Band? Ein Viertel der Waren befindet sich noch in ihrem Einkaufswagen. Und sie hätte genug Platz.

„Kann ich ihnen helfen?", fragt sie nun die alte Dame.

'Himmel – immer diese Leute, die sich überall einmischen müssen', denkt Henry entnervt.

„Das is ja zu entzückelich" erwidert die alte Dame. „Aber lassen se mal – ich muss das selber machen. Wegen des besseren Überblicks. Die schweren Sachen zuerst, wissen sie...-...und dann die leichten..." „Ach so. O.k. – ich verstehe...", lächelt die 'entzückeliche' Frau, leert dann ihren eigenen Einkaufswagen komplett aus, stützt sich darauf ab und sieht der alten Dame völlig entspannt zu. Kaum zu ertragen für Henry. Er erreicht nur äußerst selten einen entspannten Zustand. In diesem Moment ist er weiter davon entfernt, als die Sonne vom Mond. Es ist Freitag, 16.30 Uhr. *Er will nach Hause!* Tinchen sehnt sich bestimmt schon nach ihrem Vater. Und Dana, seine Schwägerin, wird sich auch freuen, wenn sie noch ein paar Dinge erledigen kann. Schließlich kümmert sie sich seit sieben Uhr morgens um seine Tochter. Warum müssen Rentner immer zum Feierabend einkaufen? Die für ihn einzige Erklärung: Sucht nach Erlebnistourismus! Vormittags macht das Einkaufen nur halb so viel Spaß. Ist einfach zu leer! Kaum Mitmenschen, die man ausbremsen kann! Die alte Dame stellt weiterhin sorgfältig und im Zeitlupentempo ihre Einkäufe auf das schwarze Laufband. Henry knirscht mit den Zähnen. Das ist schlecht. Darauf hat ihn sein Zahnarzt schon mehrfach hingewiesen. „Brauchen sie vielleicht eine Schiene für nachts? Der Abrieb auf den Backenzähnen ist ziemlich stark".

Ja – braucht er. Hat er inzwischen auch. Aber eben nur *nachts*. Tagsüber lispelt man mit dem Ding beim

Sprechen. Henry lenkt seine Aufmerksamkeit wieder in die Gegenwart.

Was ist denn *das* jetzt? Der Kassierer lächelt die entspannte Frau an. Flirten die etwa miteinander? Ach so. Es ist wohl der wortlose Kommentar zur Situation mit der alten Dame. Der Mann lässt sich scheinbar auch nicht aus der Ruhe bringen. Noch so ein Entspannter! Henry wird ungeduldig. Er will endlich zu Tinchen.

„Geht das vielleicht auch ein bisschen schneller?" Oh je – die Worte haben sich einfach durch seine knirschenden Zähne gequetscht. Eigentlich sollten sie gar nicht rauskommen.

„Aber natürlich. NUR NICHT HEUTE."

Die Frau vor ihm wendet sich lächelnd zu ihm um und er blickt erstmals in ihr Gesicht. Ihre braunen Augen sind von Lachfältchen umgeben.

„Liselotte braucht immer ein bisschen, wissen sie?" Na, das ist ja wohl die Krönung. Die unerträglich freundliche Frau vor ihm kennt den Vornamen der Rollatorblockade auf zwei Beinen. Sind die etwa verwandt?

„Ein *bisschen, ein bisschen,...*", brummt Henry, „gestern sollte es ein *bisschen* schneien – und dann lag da *ein Meter* Schnee vor meiner Haustür."

„Sehen Sie – deshalb ist es auch *besonders* großartig, dass Liselotte sich *trotzdem* auf den Weg gemacht hat, um für sich das Nötigste zu besorgen..." Um sechzehn Uhr dreißig! Henry schnaubt innerlich. Allerdings ist es ihm tatsächlich ein Rätsel, wie sich diese Liselotte mit ihrem Wägelchen auf den schlecht gereinigten Gehwegen vorwärts bewegen kann. Die BSR kommt mit dem Fegen der Bürgersteige kaum hinterher. Das ringt ihm fast ein wenig Bewunderung ab.

„Was ist denn nun – soll *ich* ihr helfen, oder was?", fragt er etwas milder.

„Ich glaube, sie möchte das lieber *alleine* machen, wissen sie? Aber soviel Zeit muss sein. Meinen sie nicht?"

Nein, meint Henry *überhaupt* nicht. Aber seine Meinung fällt allenfalls unter den Minderheitenschutz. Niemand sonst scheint es in diesem Laden eilig zu haben. Kein bisschen Gemoser oder Gemecker von den Leuten, die inzwischen hinter ihm stehen. Obwohl es seit gefühlten Ewigkeiten nicht voran geht.

„Können Sie mit ihrer Oma nicht vormittags einkaufen gehen?", will Henry wissen.

„Wir sind nicht verwandt. Ich kenne die Dame nur vom Sehen", lächelt die Frau.

„Ach - und woher wissen sie dann ihren Vornamen?"

„Einmal war sie mit einer Bekannten hier, die sie Liselotte nannte."

Wenigstens scheint die inzwischen fast fertig zu sein. Henry sieht ein kleines Licht am Wartehorizont.

„So, junger Mann! Jetzt können sie loslegen!" sagt Liselotte sich aufrichtend. Das ist das Startsignal für den Kassierer. Er fängt an, die auf dem Laufband befindlichen Waren einzuscannen und die erfassten Artikel mit architektonischem Geschick auf der kleinen Zusatzablage neben ihm aufzutürmen, denn Liselotte hat den Rollator noch nicht in seinen Sicht- und Zugriffsbereich geschoben.

„Am besten ist, wir fahren ihren Transporter einfach ein bisschen um die Ecke – dann können sie ganz prima in Ruhe einräumen", sagt die entspannte Frau bemüht laut und deutlich zu Liselotte

„Kindchen, sie können ganz normal mit mir sprechen, ich bin zwar schon über neunzig – aber weder taub noch bekloppt", meint diese. Die jüngere Frau holt tief Luft und setzt zu einer Antwort an. Dann hält sie plötzlich inne. Ein Grinsen zieht über ihr Gesicht, während sie gleichzeitig den Kopf schüttelt. Henry ist sich ziemlich sicher, den Grund dafür zu kennen. Schließlich hatte er ausreichend Zeit, der alten Dame beim Ausräumen ihrer Waren zuzusehen und außerdem einen recht guten Blick auf den Rollator-Drahtkorb. Liselotte schlurft inzwischen langsam mit ihrem Wägelchen um das Laufband herum. Der Kassierer ist damit beschäftigt, das viele Kleingeld zu zählen, das sie ihm vorher in die Hand gedrückt hat. Es sind neben vielen Euromünzen mindestens zehn Zehner und eben so viele Zwanzigcentstücke dabei. Während er das Geld in die Kasse einsortiert, legt Liselotte unerwartet geschickt und schnell ihre Artikel von der Seitenablage in ihr Körbchen, zahlt und bewegt sich dann – aus Henrys Sicht *endlich* - zum Ausgang. Als er wenig später auf dem Parkplatz seine Taschen im Kofferraum verstaut, kommt die jüngere Frau an ihm vorbei, nachdem sie ihren Einkaufswagen zurück gebracht hat.

„Ja, ja – die schweren Sachen, ne? Einen schönen Tag wünsche ich ihnen noch!" Mit einem verschwörerischen Blick steigt sie in ihr Auto und fährt davon.

Da weiß Henry *genau*, dass sie es auch gesehen hat. Die liebe Liselotte hatte in ihrem Rollator ein paar große Konservendosen ungescannt an der Kasse vorbeigeschoben. Na ja – so was kann schon mal passieren. Vor allem, wenn man alles alleine macht und den besseren Überblick hat, ne?

Doppeltes Glück

Ich mache heute „kombifahren". Das heißt, ich fahre kombiniert. Auto plus Öffentliche Verkehrsmittel. Nach Dienstschluss in Neukölln steht nämlich um sechzehn Uhr ein Physio-Termin im Wedding an. Zu dieser Zeit ist die Autobahn feierabendvoll und ich bräuchte ewig. Also fahre ich stattdessen - trotz der vielen Dreißiger-Zonen in der Silbersteinstraße - in zwölf Minuten zum U-Bahnhof Tempelhof. Mit etwas Glück finde ich in der Ringbahnstraße einen freien Parkplatz und steige dann um in die lange unterirdische Gelbe, nachdem ich einen Fahrschein für zwei Euro und achtzig Cents gezogen habe. Knappe dreißig Minuten später erreicht die U-Bahn den Bahnhof Amrumer Straße. Stressfrei und ohne Staurisiko.

Nach meiner entspannenden Physiobehandlung brauche ich einen zweiten Fahrschein für die Rückfahrt. Im U-Bahnhof halten sich gegenüber dem Fahrkartenautomaten drei männliche Gestalten in ausgebeulten Hosen und verblichenen Jacken auf. Zwei davon haben Bierflaschen in der Hand und sitzen mit rötlichen Augen sinnierend auf dem Steinfußboden. Der dritte lehnt neben den beiden an einer Säule und blickt mir entgegen. Das Trio aktiviert auf der Stelle mein Frühwarnsystem. Ich bin ganz alleine mit den Männern – kein anderer Fahrgast weit und breit. Vorsicht ist geboten. Das Geld für den

Fahrschein ist im Portemonnaie. Während meine Hand danach im Rucksack sucht, drehe ich den Dreien den Rücken zu, um keinen Mitnahmereflex auszulösen.

Plötzlich fragt mich eine Stimme von hinten: „Willst du einen Tagesfahrschein für zwei fünfzig?"

"Bitte?" Ich drehe mich abrupt um, die Börse wachsam vor meinen Körper haltend. Der ehemals an der Säule lehnende Mann, vollbärtig und mit vielen tiefen Falten im leicht gebräunten Gesicht, hält mir ein rechteckiges Stück Papier direkt vor die Nase. „Hier, guck mal!"

An dem Papier vorbeischauend mustere ich den Bärtigen misstrauisch, erkenne jedoch nichts, was auf böse Absichten hindeuten könnte. Die beiden anderen Männer beobachten mich, haben ihre Position auf dem Steinfußboden aber nicht verändert. Also gut. Ich verschiebe langsam meine Brille vom Oberkopf auf die Nase, greife nach dem Ticket und versuche den Stempeltext zu entziffern. „Da steht Hauptbahnhof drauf, ich muss aber genau in diese Richtung. Zurück fahren darf man leider nicht."

„Richtich. Hauptbahnhof. Ist dort heute jelöst worden. Aber als TAGESticket. Damit kann man hin und her fahren, wa? Habe ich am Ku'damm jeschenkt bekommen" , sagt der Mann geschäftig und fügt nach einem prüfenden Blick von mir hinzu: „Ehrlich!"

Ich stelle fest, dass das Ticket tatsächlich mit dem heutigen Datum versehen ist. Preis: Sieben Euro.

Gültig für Fahrten bis drei Uhr des nächsten Tages .
Ich überlege kurz. Zwei Euro fünfzig. Eine ganze
Menge Geld, wenn man bedenkt, dass vier Fahr-
scheine im Sammelpack neun Euro, ein einzelner
also zwei Euro und fünfundzwanzig Cents kostet.
Leider hatte ich heute nur noch sechs Euro Bargeld
im Portemonnaie und keine EC-Karte dabei – sonst
hätte ich mir die Vierer-Variante gekauft. Ich gebe
dem Bärtigen das Ticket zurück.
„Zwei Euro sagtest du?"
„Eijentlich zwei fünfzig. Aber o.k."
Mir schießen folgende Gedanken durch den Kopf:
Erstens: Solche „Geschäfte" schaden der BVG, weil
ihr Einnahmen entgehen.
Zweitens: Zwei Euro sind wirklich viel für ein Ticket, das der Bärtige gar nicht selbst bezahlt hat.
Drittens: Ich kann es zwar nur noch für die Rückfahrt nutzen, spare aber achtzig Cent.
Viertens: Ist es nicht besser, unbefugt Fahrscheine zu
verticken, als bettelnd in einer Bahnhofsecke zu sit-
zen?
Fünftens: Was soll's. Der Mann kann zwei Euro be-
stimmt gut gebrauchen.
Der Bärtige strahlt, als ich ihm mein Geld in die
Hand drücke. Sein Strahlen begleitet mich auf dem
gesamten Nachhauseweg und vertreibt den Anflug
eines schlechten Gewissens bereits nach wenigen U-
Bahnstationen.

Eine unter Vielen

In der Neuköllner Ederstraße steht ein Geschwindigkeitsbegrenzungsschild. Dreißig Stundenkilometer. Das ist wenig, wenn man es eilig hat. Ich schlängle mich mit knapp vierzig durch die enge Straße, die beidseitig mit parkenden Autos besetzt ist. In der Mitte bleibt gerade so Platz für zwei Spuren. Jedenfalls, wenn schmale Pkw aneinander vorbei fahren müssen. Sofern jedoch ein dicker LKW von vorne anrollt, sind Probleme vorprogrammiert. Vor allem, wenn er einfach drauflos fährt, ohne mich mit meinem schmalen Wagen vorher eine Parklücke finden zu lassen. Was bleibt mir übrig bei diesem übermächtigen Koloss? Ich drossele mein Tempo auf Schrittgeschwindigkeit, fahre möglichst ganz rechts und versuche, mich durch diese schwierige Situation hindurch zu lavieren. Gerade, als ich erleichtert aufatmen will, klackt es vernehmlich und ich spüre eine leichte Erschütterung. Verdammt! Mein rechter Außenspiegel steht wohl doch weiter ab als gedacht und hat Kontakt mit der Seitenfront eines kleinen, weißen, rechts parkenden Transporters aufgenommen. Ich sehe im Rückspiegel, dass ein Fahrer hinter dem Steuer sitzt. MANN! Ich habe es wirklich eilig. Und außerdem vor Jahren einen festen Vorsatz gefasst: nie wieder zugeben, ein Auto leicht berührt zu haben, wenn es nicht zwingend notwendig ist. Bereits zweimal haben sich schon Pkw-Halter auf meine Kosten die Stoßstange grundsanieren lassen. Im

ersten Fall war wirklich nur ein Hauch von Schrämmchen zu erkennen - neben anderen, die bereits vorher vorhanden waren. Im zweiten Fall (ebenfalls eine Miniminischramme unter vielen) hatte die Fahrzeuginhaberin einen Bruder, der eine Autowerkstatt besaß. Der musste besonders *viel* an der Stoßstange machen. In besonders *vielen* Arbeitsstunden. Was besonders teuer war. Jedenfalls stand das so in seinem Kostenvoranschlag. Ja, ja. Ich weiß! Wenn ich die Stoßstangen nicht zaghaft berührt hätte, wären die Folgen (Höherstufung meiner Versicherung) nicht entstanden. Trotzdem - diese Gedanken im Kopf will ich bei diesem Mal einfach weiterfahren und so tun, als sei nichts gewesen. Das Klacken könnte ja auch nur Einbildung gewesen sein, oder? In meinem Hirn formiert sich das Wort Fahrerflucht. Sie kann unangenehme Folgen haben.
Also gut.
Ich fahre nicht geradeaus über die Kreuzung, sondern biege rechts in die Sonnenallee ein, parke und laufe zurück zum Transportwagen. Ein Mann mit schwarzen längeren Haaren, einem befleckten schwarzen T-Shirt und zugewachsenem Bartgesicht sitzt mit Kopfhörern hinter dem Lenkrad. Er trommelt rhythmisch mit den Fingern auf sein Knie. Nachdem er mein lautes und intensives Gehämmer gegen die Scheibe zunächst gar nicht wahrnimmt, wird er sehr aufmerksam, als ich dann meine Außenspiegelkollision beichte.
„Ah ja – hab' isch gehört. War ganz doll!"

Klar.

Wir gehen gemeinsam zur linken Transporter-Außenseite. Ich muss fast lachen, weil dort ungefähr dreißig dunkle Schrammen in allen Höhen und Stärken auf dem weißen Lack zu erkennen sind. Und davon soll eine von mir sein?

„Hier?" Er zeigt auf eine Einkerbung an der Fahrertür, die vermutlich ein Schraubenzieher bei einem versuchten Einbruch in das Fahrzeug hinterlassen hat.

„Na sag mal!!! NEIN! Wie soll denn das mit einem Außenspiegel gehen?"

„Die?" Er zeigt auf eine Schramme in Schienbein-Höhe.

Mir wird klar, dass ich mal wieder das Falsche gemacht habe. Wäre ich bloß weitergefahren.

„NEIN – auch nicht! Und weder die, noch die da drüber, noch die rechts oder links davon! Ich glaube, wir können sie nicht finden, oder?"

„Das immer alle sagen. Müssen wir Polizei holen. Oder du geben mir was."

„Äh – neeee!!! Dann rufen wir jetzt sofort die Polizei"!

MANN! Ich muss in Kürze bei meiner Verabredung sein und verdrehe innerlich die Augen. Inzwischen ist auch der Beifahrer zurückgekehrt. Na prima.

ZWEI Zeugen – und ich bin allein.

„Fünfzisch Euro?", fragt der Bärtige.

Ich wäge sein Angebot gegen mein garantiertes Zuspätkommen im Falle einer polizeilichen Untersuchung ab.

„Also neee, Freunde. Seid mir nicht böse. Ich glaube, der Fall ist geklärt. Wenn ich überhaupt eine Schramme hinterlassen habe, ist sie unter den anderen dreißig nicht zu identifizieren, oder?"

Ist es mein Tonfall? Mein empörter Blick? Meine unumstößliche Logik?

Jedenfalls grinst der bärtige Mann plötzlich, klopft mir kurz auf die Schulter, winkt ab, steigt wieder in sein Auto und fährt los.

Ich werte das als Einverständnis, dass die Sache für ihn erledigt ist, komme fast pünktlich zu meiner Verabredung und habe das Gefühl, eigentlich doch alles richtig gemacht zu haben.

Sprachmodus

"Mann, isch bin U-Bahn. Empfang voll
Scheiße, Alter. Ja Mann! Is gut. Bis Nachmittag."
Ich verspüre bei diesem unfreiwillig mitangehörten
Telefongespräch in Berliner Mischdialekt wie immer
das Gefühl, dass unsere Hauptstadt in einem ausge-
prägten sprachlichen Veränderungsprozess steckt,
der nicht mehr aufzuhalten ist. Von meinem Handy
aufschauend sehe ich von meinem Sitzplatz aus an
der Tür zwei junge Frauen stehen. Die eine nimmt
gerade ihr Smartphone vom Ohr. Beide haben Turnschuhe und Jeans an. Außerdem offenstehende Jacken mit Fell-umrandeten Kapuzen. Das Fell erin-
nert mich an eine Fernsehreportage der letzten Woche. Danach soll unechtes Fell mehr kosten als ech-
tes. Das finde ich aberwitzig. Tiere sterben, weil es
billiger ist, ihnen das Fell vom Leib zu schneiden,
als es künstlich herzustellen? Wieso ist so was er-
laubt? Meine abschweifenden Gedanken werden abrupt durch die Worte der einen Jackenträgerin unter-
brochen, die in diesem Moment bewundernd ihre
Freundin anschaut.
"Du hast voll schönes T-Shirt an, Mann."
Nach diesem Kompliment mit leicht neidischer Nu-
ance starren beide wieder auf ihre Handys und können sich vermutlich nicht mehr hören, nachdem sie
sich Stöpsel in die Ohren gesteckt haben. Ich lese
weiter Nachrichten auf meinem Display. Drei Statio-

nen später steigt eine dritte junge Frau ein und gesellt sich zu den beiden anderen. Die lassen lässig ihre Stöpsel an den weißen Kabeln nach unten fallen.

"Guten Morgen. Alles gut bei euch?", grüßt die Dritte.

"Alles gut. Hast du Mathe gemacht? Darf ich das gleich abschreiben?"

"Klar. Gibst du mir dafür Deutsch?"

"Mache ich."

"Gehen wir nachher ins Café?"

"Fünfzehn Uhr?."

"O.k."

Während ich hocherfreut feststelle, dass die jungen Damen auch in der Lage zu sein scheinen, ganz normale Gespräche in Hochdeutsch zu führen, hält die U-Bahn im Bahnhof Tempelhof. Ich muss aussteigen, stehe von meiner Dreierbank auf und will durch das voll belegte Abteil zur Tür. Es ist viertel vor acht und jede Menge Schüler sind unterwegs.

"Würden sie mich bitte durchlassen?", frage ich freundlich und mit meiner im Normalfall gut verständlichen Stimme in die Menge der vor mir stehenden Jugendlichen.

Nichts passiert.

"HALLO? ICH WILL RAUS HIER! MANN, EY!", brülle ich nun in voller Lautstärke, die sich unter anderem deshalb entfaltet, weil ich nicht bis Tegel durchfahren und zu spät ins Büro kommen möchte. Ist es der erhöhte Dezibel-Wert oder mein aggressiver Tonfall? Plötzlich öffnet sich wie durch Zauberhand eine Schülerschneise und macht den Weg frei, damit ich hindurch treten kann. An der Tür ankommend, rempelt mich eine ins Abteil einsteigende junge Frau mit schwarz umrandeter Brille und Zwiebel-Dutt-Frisur an. Sie trägt einen schwarzen Blazer und Rock und eine Lederaktentasche unter dem Arm. Offensichtlich hat sie Angst, dass die U-Bahn ohne sie abfährt, wenn sie wartet, bis alle ausgestiegen sind. Sicherheitshalber steht sie deshalb erst mittig davor und drängelt sich dann an mir vorbei.

"Hallo? ERST aussteigen lassen", rufe ich ihr nach.

"Ey Mann, warum trödelst du auch so", lautet ihre verständnislose Antwort.

Nachdem ich im Büro angekommen bin, treffe ich mich um zehn Uhr mit meinen Kolleginnen zur Frühstückspause. Die Sonne scheint durchs Fenster.

"Alter ey. Voll tolles Wetter. Isch geh' nachher Buga", verkünde ich mein Müsli umrührend.

Meine beiden Kolleginnen starren mich mit großen Augen an.

"Was ist denn mit DIR los?", fragen sie. .

"Ups", ich halte mir erschrocken die Hand vor den Mund. "Sorry. Falscher Sprachmodus. Den brauche ich erst wieder auf dem Nachhauseweg."

Das erste Date

Auf dem Büroheimweg laufen in Neukölln drei Schwestern im Alter von ungefähr sechs, zehn und zwölf Jahren mit ihren Eltern vor mir auf dem Bürgersteig. Die Mädchen sehen sich so ähnlich, als seien sie zeitversetzte Drillinge.

"Also - erst mache ich morgen nach der Schule meine Hausaufgaben. Und dann gehe ich raus, weil ich was vorhabe." Die mittlere der Schwestern hüpft mit einem verwaschenen rosafarbenen Anorak und grauen Leggings auf einem Bein vor ihren Eltern her, während sie ihren Plan für den nächsten Tag ankündigt.

" Sie meint...", will sich ihre ältere Schwester in ebenfalls rosafarbenem Anorak und grauer Leggings in die Unterhaltung einbringen.

"Lass doch die Mia mal ausreden, Melanie", wird sie von einem Mann mit schleppender Stimme in ihre Schranken gewiesen. Er läuft lässig die Arme schlenkernd mit breitbeinigem Gang in dunkelblauem Seemannspullover und ausgebeulten Jeans. Neben ihm versucht eine Frau in knallroten Turnschuhen mit ihm Schritt zu halten. In ihrer rechten Hand hält sie eine Zigarette in vorsichtiger Entfernung zu ihren Leggings mit Tiger-Muster.

Mia holt tief Luft und verkündet dann voller Stolz: "Ich habe morgen ein Date, Papa. Mein ganz allererstes Date." Sie verfällt in einen fröhlichen Hopserlauf.

"Na Hauptsache, du wirst nich gleich schwanger", frotzelt der Vater. Ich überhole die Fünf und sehe kurz ein Zwinkern in seinen leicht hervorstehenden hellblauen Augen.

"Neee. Ich werde erst beim achtzehnten Mal schwanger", widerspricht Mia.

Meine Augenbrauen ziehen sich belustigt nach oben.

"Ich meine mit achtzehn", korrigiert sie sich in diesem Moment. "So wie du, Mama."

Ich drehe mich um und sage in Richtung Mama und Papa: "Na, das nenne ich mal einen konkreten Zukunftsplan, ne?"

Mama zieht an ihrer Zigarette. Papa grinst und wendet sich dann an seine Tochter. "Neee Mia. Mit achtzehn machst'e erst mal 'ne Ausbildung." Er hält kurz inne. "Und mit dreiundzwanzig wirste dann schwanger", gibt er Mia die Eckdaten ihres Lebens vor.

"Oder noch besser: Bundeskanzlerin. Dann löste die Merkel ab."

Na ja – eine Ablösung von Frau Merkel dürfte in ungefähr dreizehn Jahren wohl überflüssig sein, denke ich amüsiert.

"Neee, das geht nicht", mischt sich jetzt auch die Mama ins Gespräch ein. Aha. Sie teilt scheinbar meine Gedanken.

"Da kriegst'e graue Haare und Kopfschmerzen", folgt ihre Erklärung.

"Also das glaube ich auch", lache ich, mich letztmalig kurz umdrehend. Dann trennen sich unsere Wege.

Meiner führt weiter zur S-Bahn, während die Familie den Discounter betritt.

Ich freue mich auf der gesamten Nachhausefahrt über mein Feierabenderlebnis: in Neukölln sind Vater und Mutter gemeinsam mit ihren drei Töchtern zum Einkaufen unterwegs, keiner der Fünf schaut beim Laufen auf ein Smartphone und das Schönste: sie REDEN miteinander.

Benny und der Weihnachtsmann II

Es war Anfang Dezember. Karla hatte lange überlegt, wie sie ihr Versprechen des letzten Jahres gegenüber sich selbst am geschicktesten einlösen könnte. Die Frist „morgen oder übermorgen" des letzten Heiligabends war schon lange verstrichen. Der nächste nahte und sie hatte nicht den Hauch einer Ahnung, wie sie ihrem Sohn Benny beibringen sollte, dass er das Weihnachtsfest jahrelang mit einer zwar wunderbaren, aber leider völlig realitätsfernen Illusion verbracht hatte. Sie nahm sich vor, mit ihm Kekse zu backen. Das konnte er inzwischen etwas besser und hatte noch immer großen Spaß dabei. Karla hoffte, dass sie in einer positiven Backatmosphäre ein vernünftiges Gespräch mit ihrem Jüngsten führen könnte. Sie wollte in jedem Fall vermeiden, dass Benny in Weltuntergangsstimmung verfiel. Er war so ein sensibles Kind. Wer wusste denn, wie er die schlechte Nachricht aufnahm, die sie ihm überbringen musste. Man hörte doch so viel von frühkindlichen Traumata. Wie hatte sie dieses Thema bloß mit Lukas und ihren beiden älteren Töchtern bearbeitet? Karla wusste es nicht mehr. Sie rührte tief in Gedanken versunken bereits seit fünfzehn Minuten ihren Waffelteig, als Benny in der Küche auftauchte.
"Mama?"
"Ja Benny?"

"Ich habe meinen Wunschzettel an den Weihnachtsmann fertig gemalt."

"Sehr schön, mein Schatz", antwortete Karla ihrem
Sohn. Gab es eine technische Entwicklung, die an
ihr vorbeigegangen war? Zum Beispiel automatische
Gedankeninformationen von Müttern an Söhne? In
manchen Augenblicken vielleicht von Vorteil. Nicht
in diesem. Wieso kam Benny gerade *jetzt* mit diesem
Thema an? Sie fühlte sich genötigt, das "vernünftige
Gespräch" *sofort* zu beginnen und holte hierfür tief
Luft.

„Du Mama?"

„Jaaa Benny?"

„Ich glaube ja, *du* bist der Weihnachtsmann…"

Na klasse. Ihr Sohn hatte in Sachen Weihnachtsbe-
trug bereits Verdacht geschöpft. Jetzt musste sie Farbe bekennen und ihm seinen Kindheitszauber zerstö-
ren. Karla spürte eine dieser inneren Hitzewelle auf-
steigen.

„Ach wirklich? Warum?", fragte sie ihren Sohn
möglichst beiläufig. Das verschaffte ihr zumindest
erst einmal Zeit, um gedanklich eine geeignete Ge-
sprächsstrategie zu entwerfen.

„Mori hat zu mir gesagt, dass sich die Eltern den nur
ausdenken, damit sie den Kindern ganz viel schen-
ken können. Weil sie sie verwöhnen wollen, ohne
dass es auffällt. Ich glaube, Mori hat Recht. Und gesehen habe ich den Weihnachtsmann ja auch noch
nie", erklärte Benny.

Was ihren Jüngsten gar nicht aus der Bahn zu werfen

schien – er stand vollkommen entspannt und Tränenfrei vor ihr. Karla konnte es kaum fassen. Allerdings war da noch eine Kleinigkeit, die ihr im Rahmen seiner neu gewonnenen Erkenntnisse nicht ganz schlüssig erschien.

„Wenn das so sein sollte, Benny - warum malst du dann trotzdem einen Wunschzettel für den Weihnachtsmann?"

„Also Mama. Das ist doch ganz einfach. Damit *du* weißt, was ich mir wünsche. Ich zeige dir den Zettel doch!"

Karla atmete erleichtert auf. Wie wunderbar. Ihr Jüngster war ohne ihr Zutun seines Weihnachtsmann-Glaubens beraubt worden. Freund Mori war so zuvorkommend gewesen, ihr die Aufklärungsarbeit abzunehmen. Von einem Freund war die Wahrheit bestimmt besser zu verkraften als durch mütterliche Worte, oder? Karla jubilierte innerlich. Ihr Weihnachtsmann-Problem hatte sich ganz von alleine erledigt. Manchmal lohnte es sich eben doch, gewisse Dinge für eine längere Zeit auszusitzen.

Inhaltsverzeichnis

Ein paar Worte zum Schluss:

Das waren fünfundzwanzig Geschichten, die mir auf meinen Wegen durch die Hauptstadt begegnet sind. Sie sind alle eher mehr als eher weniger wahr und spiegeln wider, was mich an meinen Mitmenschen beeindruckt, genervt, irritiert, amüsiert und bewegt hat.
Ich hoffe, dass beim Lesen die gleiche Freude entstanden ist, die ich beim Schreiben hatte.

Danke allen, die freiwillig oder unfreiwillig zu diesem Buch beigetragen haben.
Lieber Dank an Daggi für nie endende Motivation.
Danke auch all denen, die mich durch Lektorat, Anmerkungen, Kritik und Lob stetig weiterentwickeln – das spornt mich an.
Mein besonderer Dank gilt meinem Mann und meinen beiden Söhnen, die ich sehr oft und möglichst sofort um ein Feedback gebeten habe. Sehr oft und fast immer sofort habe ich es auch bekommen:-).

Herzlicher Gruß

Marie Meerberg